ゼロス
アルフィア
クリスティン

セレスティーナ
アンズ

キャロスティー
ウルナ
ミスカ

エロムラ
ジャーネ
イリス
アド
ディーオ
サーガス
ルーセリス
ツヴェイト

アラフォー賢者の異世界生活日記 12

Kotobuki Yasukiyo
寿安清

Contents

プロローグ　おっさん、大いに困る

焼き肉を楽しんでいたゼロス、アド、クレストンの前に突然現れた全裸の少女。

床まで届きそうな漆黒の艶《つや》やかな髪、陶磁器のような白い肌と背には金色に輝く十二の翼。

白銀の角を頭部に二本生やし、聖と邪を兼ね備えた美の化身。

「のぅ、せっかく復活したというのに、気の利いた挨拶もなしか？　挙げ句に最初の一言が『服を着ろ』とは、さすがの我も少し傷つくのじゃが……。しかもまたも放置……」

「『今はそんな些細《ささい》な問題など、どうでもいい！』」

ついに復活を遂げた元邪神の少女、アルフィア・メーガスは現在、不機嫌そうに金色の瞳でゼロスとアドを見ているのだが、当事者二人は彼女そっちのけで肩を寄せあって困り顔で緊急会議をしていた。その内容はというと……、

「どうする……。俺達が女の子の下着を買いに行くのは、いささか問題があるぞ」

「そうだねぇ……。服の方の理由付けは何とでもなるが、問題は下着だ。邪神とはいえ仮にも女神だぞ？　さすがにショボい下着を着せるなど恐れ多い……」

「だが、男の俺達には難易度が高すぎる。子供下着ならゼロスさんでも買えるだろうが、黒レースのフリル付きとなると……」

「待て、アド君……。なぜ黒にこだわるんだ？　別に赤でもいいだろ。そんなことより問題は、下着を会計するときだ」

「あぁ……男が女の子の下着を手にして店員の前に持っていく。これはさすがに恥ずかしい」

……どうやって女の子の下着を買うかであった。

この世界にレジスターという機械はないが会計を行うカウンターはあり、女性店員が控えていることが多い。

いい歳をした青年とおっさんが女性用下着を手にカウンターに向かうのは、あまりに難易度が高すぎる。いっそのこと殺してくれと頼みたいほど勇気が要《い》るだろう。

「の～ぅ、お主等よ……。いつまで我をこのままにしておくつもりじゃ？　別に寒くはないのじゃが、待たされるのはいささか退屈なんじゃが……」

「女性の下着を買うのに、それほど気を使うものかのぅ？　儂《わし》の屋敷には、贔屓《ひいき》にしている商人が売りに来るのじゃがな」

「『金持ちと貧乏人を一緒にしないでくれぇ、普通の家に売り込みに来る商人なんていない!!』」

クレストンの発言に、貴族と一般人の格差にツッコミを入れる二人。御用商人がいる貴族は屋敷を訪れた彼等から商品を買うが、大抵の一般人は品物を店で購入するのが普通だ。

「せめて、ユイさんが妊娠してなければなぁ……」

「ルーセリスさんに頼めばいいんじゃないのか？　お金を渡せば下着くらい買ってきてくれるだろ」

「どう説明しろと？　アド君は『女神様が女性下着を所望しているから、お金渡すので買ってきてほしい』と言うつもりかね？」

「さすがに神だなんて言えないか……。説明する段階で正気を疑われそうだし、よしんば信じてもらえたとしても、俺達の事情に巻き込むのは気が引ける。老い先短い老人なら墓穴まで秘密を持っていってくれるが……」

「アド殿……何気に儂を愚弄《ぐろう》しておらぬか？　まぁ、確かに迂闊《うかつ》に伝えてよい話ではないが……」

男衆がかなり真剣な表情で話し合うそばで、アルフィアは退屈げに欠伸《あくび》をしていた。

幼女の時よりも成長しており、出ているところは出ている姿を惜しげもなく晒《さら》しながら、それでいて彼女は全く気にしている様子が見えない。

このあたりが人間と超次元生命体との感性の差なのであろう。

そもそもアルフィアにとって姿形など意味はない。

元は高次元の超エネルギー生命体なのだ。その気になれば姿など自在に変えることが可能であり、人型に固執する意味など皆無なのである。

ただ、汎用性《はんようせい》の面において人型は便利であり、元のホムンクルスが人型であったため、今の姿を維持しているだけに過ぎない。

『たかが布の品物を購入するだけで、なぜそこまで悩む必要があるのか……』

微妙な男心を察するには、彼女は異質すぎた。

知識はあるのである程度の推察はできるが、理解しているわけでなく、人間の感性や常識など非効率的に思えるだけで、男二人が言い争う姿がただ酷《ひど》く滑稽に見えていた。

「あっ……ゼロスさんが娘用だと言って買えばいいんじゃゃね？　年齢的にあの年頃の娘がいてもおかしくはないんだからさ。もしくはゼロスさんが作るとか？」

「買うっていっても、この街だと知人に見られる可能性があるからねぇ……。それに作るってのも、在りものを強化するくらいならいいけど、女性用の衣服類をイチからとなると正直自信はないなあ。そもそも採寸しているところなんか目撃されたら、僕は社会的に死ぬことになるだろう」

「確かに、いい歳したおっさんが全裸の少女の採寸をしている光景は、犯罪臭しかしない。常識的に見ても通報されるレベルだ。【ソード・アンド・ソーサリス】でも女性用装備といったら【影六人】の女性陣の出番だったしな」

「こんなときにアンズさんがいてくれればねぇ～。今もツヴェイト君の護衛をしてるだろうし」

「アンズ……？　えっ⁉　彼女もこっちに来てんの？　マジで敵対しなくてよかった……。ゼロスさん相手でも勝てねぇのに、あの子まで加わったら洒落《しゃれ》にならん」

所々話が脱線していた。

「……暇じゃな。のぅ……我には分からぬことなのだが、女物の衣服を買うことがそれほど恥ずかしいことなのか？」

「儂にも分からぬよ。そもそも女物の服を作る職人は男が多い。別に恥ずかしいとは思わんぞ？」

「なおさら分からぬな。男が作る衣服なら、別に買いに行くことを恥ずかしがることもあるまい。たかが服じゃぞ？」

「街で注文することはあっても、支払いは直接屋敷まで店の者が来るしのぉ～。儂も何が問題なのかさっぱりじゃわい」

邪神と金持ちは一般人との認識や価値観に大きなズレがあった。

たとえ職人の多くが男性でも、店で販売する下着や衣服の類《たぐい》は男女別の売り場となっている。女性しかいない売り場に男が入るのは冒険と言っても過言ではない。

ましてや下着ともなると、店員にかなり奇異の目で見られることだろう。

中には愛人に下着を貢ぐ男性もいるが、この場合は職人や商人との間に伝《つて》があるか、あるいは自身が職人か商人である場合に限られた。

「アンズちゃんがいるなら、あとでユイの下着も頼むかな。この世界の下着は肌に合わないって言ってたし」

「あっ、そういえば……ツヴェイト君達は現在、イーサ・ランテにいるんでしたっけ？」

「うむ。イストール魔法学院が不甲斐《ふがい》なくて、上位の成績優秀者を実地研修という名目で追い出したからのぅ。アンズ……じゃったか？　護衛の娘も当然ながら同行しておる」

「それじゃあ、今からちょっと買いに行ってくるか。アド君、留守番を頼んだ」

意外なところから情報を得て、すぐさま行動に移そうとするおっさん。

だが、残されるアドにとっては心中穏やかではない。

「待てや！　俺に全裸娘と一緒にいろと？　社会的に死ねと!?」

「いいじゃないか。別に手を出すつもりもないいんだろ？　それに、バレてもユイさんに刺されるだけだ」

「それが一番ヤバいんだろ！　真っ裸なお子様と一緒にいると知られただけでも、俺は明日にも惨殺死体となって森の中だぁ！」

「独身中年男と全裸少女が一緒にいるのも問題だろ？　今すぐ憲兵を呼ばれてもおかしくはない。今もかなり危険な状況だぞ」

「俺ならいいのかよ!?」

「我は変態か何かか？　扱われ方が不愉快なのじゃが……」

互いに保身に走る二人。

対して裸族扱いを受けているアルフィアは少し不機嫌になる。

「だいたい仮にも神なんだから、物質を構築して自分で服を作れないのか……あっ？」

「それだ。なんで僕達は今まで思いつかなかったんだ！　無駄な議論をしていたなぁ……」

アドとゼロスの視線がアルフィアに集中した（どうでもいいことだが、二人の男の視線が全裸少女に集中する光景は、絵面《えづら》的に見てかなりヤバイ）。

当然だが、アルフィアにとって原子を構築して衣服を創造することなど造作もないことである。

だが――。

「物質の創造か……可能じゃぞ？　じゃが、この場合は無から有を生み出すことになるわけじゃが、周辺の原子を集め物体を構築するとなると、瞬間的に数億度の熱量が発生する。それをやるのか？　成功してもこの街が消し飛ぶぞ？　魔力でも似たようなものじゃし」

「思ったよりもヤバかったぁ!?」

そもそも彼女の力の根源は高位次元世界の高密度エネルギーなのだ。

高位次元からこの物質世界にエネルギーが流入する状態になるので、物質同士の過剰反応により、核爆発級の熱量と衝撃波が発生してしまう。

服の構築で何ジュールのエネルギーが発生するかは分からないが、壊滅的な被害だけでなく膨大な放射線量も発生することになるので、周辺は生物の住めないような環境になってしまう。

神の力は意外に不便――いや、それ以上に物騒だった。

「……下手をすると、この周辺数百キロ圏内が、生物が生息できない状況になりかねないな」

「その計算はどこから出てきたんだよ、ゼロスさん……」

「サントールが消し飛ぶと言ったんだぞ？　これは少なく見積もっての話だ。数億度の熱量ともなるとクレーターが出来るほどだ。なら、発生した衝撃波は原爆の数百倍の威力ということに……」

「うむ。今計算したのじゃが、加減に失敗すると大陸一つが消滅してもおかしくはないのぅ。発生する放射能濃度も考えると人類は死滅するな。どうじゃ？　我は凄《すご》いじゃろ♪」

「「服のためだけに大陸が消滅だとぉ!?　そして、なぜ自慢する!!」」

「失敗すればの話じゃ。成功させればよい」

「「成功しても街が消し飛ぶだろ!!」」

二人の想像以上に危険だった。

神と呼ばれる存在は、物質世界に顕現した時点で物騒極まりない。

昔の勇者がよく封印できたものだと思ったが、それは神器の効果によるものが大きいだろう。でなければ人間などに太刀打ちできる存在ではない。

非常識の権化、それが【神】の一面でもある。

「やはり買いに行くのが無難か……。こんなところをルーセリスさん達に見られたりでもすれば……」

「そのルーセリスとやらは、今お主達の後ろで硬直している娘のことか？　先ほどから見ていたが、気付かなかったのか？」

「「な、なんですとぉ!?」」

二人が同時に振り向くと、そこには石像のように微動だにせず硬直したルーセリスが、死んだ魚のような虚《うつ》ろな目でゼロス達を見つめていた。

「儂も気付いておったが、二人がえらく真剣に話しておったゆえにな、なかなか伝えられるタイミングではなかった。教えたほうがよかったかのぉ？」

「そういうことは早く言ってくれぇ。最悪の事態だぁ!!」

「ルーセリスさん、誤解だから！　僕らはけしてやましいことは……ルーセリスさん？」

焦りながらもなんとか事情を説明しようとするゼロスであったが、ルーセリスは硬直したまま無表情でブツブツと何かを呟《つぶや》いている。

耳を澄ませて聞いてみると――。

「ゼ、ゼロスさんとアドさんが……クレストン様を巻き込んで、いたいけな少女に悪戯《いたずら》を……。こんなことが許されるのでしょうか……アドさんは奥さんもいるのに。クレストン様に至っては社会的に立場というものが……。それよりも、まさか三人が少女性愛趣味だったなんて……紳士協定はどこへ消えたのですか？　そもそも『イエス、ロリータ。ノータッチ』が世界の常識だったはずです。百歩譲ってアドさんとクレストン様が少女愛好者だったとして、まさかゼロスさんも……。こんなことなら私から襲って……いえ、今からでも遅くないのではないでしょうか？　でも、こんな昼間から……駄目、逃げちゃ駄目よルーセリス！　ここは体を張ってゼロスさんを正常な道に戻さないと……。あぁ……こんな犯罪に手を染める前に、私がもっと早く勇気を出していれば……」

「なにか、とんでもない壮絶な勘違いをされてるぅ!?」

「何気に儂も共犯者に仕立て上げられているようじゃのぉ……。なんとか誤解を解かんと、儂ら三人は牢獄《ろうごく》送りになりかねん」

誤魔化しが利かない最悪な勘違いをしていた。

必死で誤解を解こうとするも、ルーセリスにはゼロス達の言葉すら耳には届いておらず、三人が犯罪に手を染めたと思い込んでいるようだ。

だが、全裸の少女の前に男三人（一人は老人）がいれば、さすがに言い訳のできない状況であるのも確かである。

この後、ゼロス達がルーセリスに説明して納得してもらうのに一時間近くかかり、その間アルフィアが全裸であったことは言うまでもない。

第一話　おっさんが必死で誤魔化していた頃、かの地では……

「ホムン、クルス……ですか？」

「えぇ……。以前から秘密裏に実験していた研究の成果ですよ」

必死の説明の末に、アルフィアはゼロスが作りだしたホムンクルスであるということで話は落ち着きを見せていた。ゼロスも魔導士なので一応の納得はできる答えである。

しかし、ホムンクルスの創造は違法とされており、これまた大っぴらに話してはならない内容であった。

結果だけを見るならゼロスは爆弾を抱えたことになる。

「僕も魔導士ですからねぇ……。人造生命を試してみたくなったんですよ。結果は見ての通りの大成功だったわけですが、少し出来が良すぎまして人間と変わりないみたいなんですよねぇ～。これは計算外でしたよ」

「そもそも違法なんですよね？　これは命に対する冒涜《ぼうとく》なのでは……」

「我がどのようにして生まれたかなど、お主等にはさほど意味はあるまい？　いかなる生まれであろうと、意思がある以上は自由に生きる権利がある。過程はどうあれ、お主は我という存在を抹消するつもりなのかえ？　それこそ命の冒涜であろう。そのあたりは神官としてどう思うのじゃ？」

「うっ……正論です。確かに生まれはどうあれ、命がある以上は祝福されるべき……ですが、アルフィアさんは少し優秀すぎる気がします。本当に生まれたばかりなのですか？　実はゼロスさんの隠し子なのでは……」

「うむ。我は確かに生まれたばかりじゃ。我の知能が高いのは魔導の秘術によるものゆえに、多くを語ることはできん。何しろ禁忌になるからのぅ。まぁ、こやつの娘というのは、あながち間違いではないな。なにしろ、我を創造したのはこやつじゃからのぅ。のぉ、マスター？」

「都合のいいときだけ主人扱いですか？　まぁ、別にいいですけどね……」

アルフィアの不遜な態度は、でっち上げた信憑性《しんぴょうせい》を揺るがしかねない。

しかし、そこはリーマン時代で培《つちか》ってきた詐術と、神との口裏合わせで誤魔化しきることにする。

「素材にかなり凄《すご》いのを使っていますからねぇ～……。予想外でしたが面白い結果が出たので満足してますよ。はっはっは」

「この子の姿はまるで……。いったい何の素材を使ったんですか！」

「まるで『悪魔みたいだ』と？　まぁ、洒落《しゃれ》にならない素材とだけ言っておきましょう……。おそらく二度と手に入らない希少素材です」

「……答えられない素材を使ったというわけですか。では、どうして全裸なんですか？　女の子だということは前から分かっていたはずでは？」

残念ながら完全に誤魔化しきれはしなかったようだ。

だが、そこは想定内の詰問だった。

「成長が早すぎたんですよ。まさか、ここまで自我を形成したホムンクルスに成長するとは思ってもいなかったからなぁ～。本当なら、与えられた命令を聞くだけの人形と変わらない存在のはずだったんですがねぇ」

真実を混ぜることで更に信憑性を上げる言葉を用意する。

悪い大人である。

「……予想外のことばかりですね」

「だから、ホムンクルスの培養は禁忌扱いなんですよ。場合によっては人間を遥《はる》かに超える生物が生まれてしまいますし、最悪世界を滅ぼしかねない化け物が出来上がる可能性もありましたから。まぁ、結果も出たのでこれ以上はホムンクルスを作る気はないですけどね」

「なぜ禁忌に手を染めたんですかぁ！　命の創造なんて、摂理に背《そむ》く行為じゃないですか！　この国でも違法になるのですよね？」

「うむ……。一応、我がソリステア魔法王国でも禁忌扱いじゃぞ？　儂《わし》も昔にその手の学術論書を読んだのじゃが、どれも眉唾《まゆつば》もので信憑性の欠片《かけら》もないものばかりだったがのぅ」

「ぶっちゃけ、草毟《むし》り要員のつもりで作ったんですよ。今じゃコッコや子供達も手伝ってくれますし、無駄になっちゃったねぇ……」

「禁忌を犯した理由が、まさかの人手不足解消!?」

叡智《えいち》の探求者による暴挙に、ルーセリスは頭を抱えた。

しかし生まれてきた命には罪はなく、ましてや少女の姿をした知性体となると、彼女にはどうしてよいのか判断できない。

倫理観や宗教的な問題もあり、命を命題にした研究の線引きは難しいのである。

「技術なんてそんなものですよ。便利だから作りだし、失敗すれば経験をもとに改良する。そもそも僕は、知性のある生命体を作る気はなかったんですから。まぁ、人に知られると彼女も解剖されかねないので、他言無用でお願いします。新たに誕生した生命を学術目的で殺したとなれば、それこそ命の冒涜ですからねぇ」

ルーセリスはゼロスの身を心配してくれているのだろう。

その善意は嬉《うれ》しいが、ここはあえて嘘《うそ》を吐《つ》き通さなければならない。

良心が痛むが、彼女に真実を伝えるわけにはいかなかった。

そのためにも、あえてマッドな魔導士を演じ口から出まかせでたたみかける。

「ゼロスさんはまだマシなほうだぞ？　俺達の知り合いには、もっと凄いヤツがいたけどな……」

「あぁ～……ケモさんね。あのケモケモハーレムダンジョン、恐ろしく強い獣人型ホムンクルスがいかがわしい接客をしてて、入り込んだ人達から無慈悲に金品をぼったくる……」

「あれ、普通に考えて違法風俗店だよな？　お触りしただけで半殺しにあって、有り金全部奪われた奴らもいたぞ？」

「ケモさん、ケモ耳をこよなく愛してたからなぁ～……。なぜダンジョンをぼったくり酒場に改造するのか意味不明だったけど」

「ダンジョンを攻略した者を盛大に祝うけど、調子に乗った馬鹿からヤクザまがいに金品と装備を巻き上げていたな。取り戻すには最初から攻略をやり直さなくちゃならなくて、しかも一度攻略したら難易度が倍に跳ね上がるエゲツなさ……。俺はドン引きしたぞ」

「僕もさすがにアレはどうかと思った……。ブロス君もたまに一緒になってやってたねぇ～」

「それは初耳だぞ、ゼロスさん……」

二人は懐かしき思い出に浸《ひた》っているが、それを聞いている人達には正気を疑うような内容であった。

『ゼ、ゼロスさんの知り合いは、禁忌にすら踏み込む危険な人達ばかりなんでしょうか？』

『……想像を絶するのぅ。良識があるだけゼロス殿がマシなのか？』

ケモさんという人物の話を総合すると、『ダンジョンを占拠して大量の獣人型ホムンクルスを生み出し、深奥部で酒場を開いて攻略者から装備品を強奪している』ということになる。

しかもホムンクルスはハーレム要員だ。

たとえそれが『この世界に存在しないダンジョン』であったとしても、真偽を知らないルーセリスとクレストンはその話からの自然の流れで、『どこかのダンジョンを今も占拠している』という解釈を持ってしまう。

虚構と現実世界の差はあれ、非常識な真似をしでかしているのは事実なので、ゼロス達も訂正するつもりはない。むしろそれで騙《だま》されてくれれば大いに助かる。

「どうでもいいが、我はいつまで裸のままでおればよいのだ？　別に困るわけではないのじゃが、お主等はそうではなかろう？」

「「「「……あっ？」」」」

そして、事の発端である問題は何一つ解決しているわけではなかった。

アルフィアは今も全裸である。

「私の服でよければお貸ししますが……全くサイズが合わなそうですね」

「ふむ……仕方がないのぅ。セレスティーナの古着でよければ儂が提供しよう。確か、屋敷のどこかに保管されておったはずじゃ」

「それは助かります。正直、女の子の服に関してはさっぱりですからね。特注品なら古着でも相応の値段で僕が買い取りますよ」

「かまわぬよ。着られない服など哀れなものじゃて、必要とする者が使ってくれたほうがよい」

「ありがとうございます。ここはクレストンさんのお言葉に甘えるとしましょう」

「少し待っておれ。さてアド殿、一度屋敷に戻るとしようかのぅ」

「では私は、待っている間に羽織れるものを用意します」

どこかの時代劇にいたご隠居の如く、クレストンはアドを連れ立って屋敷に戻っていった。

数分後、クレストン達と一緒に出たルーセリスがローブのような布を持って戻ってくると、アルフィアにかけた。

アルフィアは暇を潰《つぶ》すかのようにコッコ達の格闘訓練を窓際から眺めている。

その様子を見ながら、ゼロスは先ほどから思っていたことを口にする。

「ルーセリスさん、ありがとうございます。しかし……僕も女性装備が作れるよう練習するべきかねぇ？　ただ一から自作するにしても、デザインに自信がなぁ～。強化するのは楽なんだけどねぇ」

「それは、女性用下着も作るということですか？」

「下着も装備に入りますから、作ることになるかと。……正直、作りたくないですけどねぇ。広い部屋で男が一人、女性用の下着を必死で作る姿なんて痛すぎますよ」

「でしたら……試作で私の下着を作ってみますか？」

「そうなると、サイズを測らなくちゃならないんですよねぇ～」

「つまり、そこの娘がお主の目の前で裸を晒《さら》すということじゃな？　二人きりの部屋で」

「「……えっ？」」

アルフィアの指摘で、おっさんはとんでもないことを言っていることに気付いてしまった。

ゼロスはあくまでも副業の一つとしてやってみようと思っただけなのだが、ルーセリスの場合はこの世界の女性の下着事情向上のために、ゼロスに作ってもらったほうがよいと考えた。

だが、話を要約すると採寸時には下着姿のルーセリスと対峙《たいじ》するわけであり、互いに意識をしている状況下でかなり気まずいことになりそうな予感がする。

【恋愛症候群《ラブ・シンドローム》】の影響が出ているだけに、採寸だけで済むとは思えない事態に発展する可能性があるのだ。

最近、二人きりだと特に意識するようになってきているので、恋愛症候群の影響が最も活性化する初夏まで、理性がもたない気がしていた。

「「…………」」

思わずそのシチュエーションを想像してしまった二人は、気恥ずかしさから会話が途切れてしまった。

事故とはいえ一度裸を見せあった間柄だが、お互い意識したのか態度がよそよそしい。

この場にイリスでもいれば、『中坊か！』とツッコミを入れることだろう。

「いい加減にくっつけばよいものを……。見ている我の方が気まずいぞ」

アカシックレコードから今までの事象を読み取っていたアルフィアは、二人の初心《ウブ》な反応に対し率直な感想を呟《つぶや》く。

今なら砂糖を大量に作れそうな気がした。

◇　◇　◇　◇　◇　◇

同時刻、ファーフラン大深緑地帯。

数多くの肉食魔獣が互いを食い合い過酷な生存競争を繰り広げているこの森に、ひときわ異様な姿を持った黒い獣が存在した。

獣にしては異常なほど体が大きく、その姿を例えるならドラゴンに近い。

ワニのような顎《あぎと》を開き、貪欲なまでの食欲で倒した魔獣の肉を食い散らかし、生々しい咀嚼《そしゃく》音が深緑地帯に流れ消えていく。

体は常に脈動し、肉を食らうたびにその姿は変化していた。

なによりも異様なのは、その体に人面が浮かび上がっていることだろう。

老若男女問わず無数の顔が肉を食らうたびに不気味な笑みを浮かべ、あるいは悲鳴を上げ泣き叫び、また別の顔は馬鹿みたいに哄笑《こうしょう》していた。

それぞれの顔に意思があるかのようである。

この無数の顔は意識の深いところで一つに統合されており、獲物を食らいながらも、それぞれが深層意識下で絶えず会話を繰り返していた。

『……そろそろ、いいのではないか？』

『力もだいぶついた。今こそ復讐《ふくしゅう》を果たすとき……』

『モンスターもだいぶ取り込んだわ。この恨みを今こそ晴らすのよぉおおぉぉぉぉぉ!!』

彼等はかつて邪神を倒すべく異界から召喚された者達であり、それ以降も権威拡大のために勇者としてこの世界に呼ばれ、利用され殺されてきた者達のなれの果てだった。

異世界の魂ゆえに輪廻転生《りんねてんしょう》の円環にすら戻れず、この世界を漂い自分達を召喚したメーティス聖法神国を恨み続けている。

死しても安息が訪れないのだから、その怨念《おんねん》はかなり強力なものであった。

だが、所詮《しょせん》は魂だけの存在であり、個々の力で行える復讐はせいぜい嫌がらせ程度のものでしかない。そもそも怨霊では驚かせるか呪詛《じゅそ》で相手を呪うくらいしかできず、個の力程度では簡単に除霊されてしまう。ホラー映画の真似事程度しか影響を与えられないのだ。

そこで彼等は自分達の同類と協力し、群霊を形成し強力な【魔】となることにした。

幸いと言ってよいのか分からないが、召喚されたときに植えつけられた勇者スキル——英雄システムの変質により、憑依《ひょうい》した生物の肉体を作り替えることが可能となった。

恨みに支配された彼ら勇者の魂達は歓喜したが、ここで大きな誤算が出てくる。

より強い存在になるためには多くの勇者の魂が必要となり、そして意思を一つの方向へと向けなければならない。所謂《いわゆる》『心を一つにする』ということだろう。

しかし、人はそれぞれ個性があるもので、恨みという点では意思は同じでも、恨みを晴らす方向性で意見の対立が起こる。それぞれの魂達が協力し合うようになるまで、それはもう様々な意見のやり取りが行われ、全ての魂達が納得できる妥協案がやっと可決された。

まぁ、それ以外にもまだ一つ問題があるのだが、彼らはそのことに気付いていない。

『……行くか。この日を何度夢見たことか』

『今こそ復讐を果たすのだ！』

『『『『四神、滅ぶべし!!』』』』

漆黒のドラゴンは翼を広げた。

怨霊──彼等の恨みは深い。

今はメーティス聖法神国を滅ぼすために動いてはいるが、いずれその憎悪をこの世界全体に向けてもおかしくないほどである。

怨霊達は協力し合い、醜悪なドラゴンの翼を広げ、空を舞う……ことはなかった。

魔力を集め、幾度も翼を動かすがその場から空に上がることはない。無様な光景である。

『『『『なぜ、飛べない？』』』』

『どうやら………太りすぎたようだ……重い……』

『『『『………』』』』

いたたまれない重い沈黙。

『『『な、なんだってぇ――――――――――――――――――――っ!?』』』

ドラゴンは元来地上の生物だが、捕食活動を優位にするため空をも自在に飛べるように肉体を進化させた。長い時間を掛け環境に適応したのである。

しかし、見た目がドラゴンでも、この魔物の元の肉体は鼠《ねずみ》だ。

無茶な細胞増殖をしたために他の生物から細胞を補填《ほてん》しなくてはならず、獲物に襲いかかり捕食し続けた結果、空を飛ぶには少々――いや、たいぶ太りすぎてしまっていた。

通常のドラゴンをスマートなイケメン俳優と例えるなら、今の彼等の姿は関取を遥かに超えるおデブちゃんだ。ギネス級に太りすぎて、ベッドから起きることができない状態と思えばいいだろう。

空を飛ぶには痩せる必要があるが、取り込んだ生物の因子が暴走し、彼等の制御を受け付けない。

他生物の因子を完全に制御できるわけではないのだ。

これが、気付かなかったもう一つの誤算であった。

『走れ！　痩せるまで走り続けろぉ、ダイエットだ!!』

『馬鹿みたいに食べ続けるからよ……』

『今さら言っても遅いだろ、何も考えずに走れ!!』

『みんな、馬鹿ばっか……』

『『『『なんでこうなったぁ――――――――――――――――っ!!』』』』

意思は無数にあれど、体は一つ。

ファーフラン大深緑地帯を漆黒の巨体を揺らしながらひたすら走る。

木々を薙《な》ぎ倒し、地響きを立て、時に躓《つまず》いて転がりながらもメーティス聖法神国を目指す。

見ようによっては実にシュールで健気《けなげ》な姿だった。

怨霊達が【邪神の爪痕《つめあと》】を通り、メーティス聖法神国へ辿《たど》り着くまで、まだしばらく時間が掛かりそうである。

第二話　ディーオは誘いに乗りミスカは企む

クレストンとアドが一度別邸へと戻り、セレスティーナの古着を携え戻ってきた。

ルーセリスが着付けを手伝い着替えが完了したことで、リビングに待機していたゼロス達が呼ばれ隣の部屋に入ると――そこで意外な光景があった。

「おほっ？　これはなかなかじゃな」

――などと言いながら鏡の前でクルクルと上機嫌で回るのは、姫袖な黒と赤のゴスロリ衣装を着たアルフィア・メーガスである。

鏡に映る自分の姿を見て、実に満足そうであった。

頭部の銀の角はそのままだが翼は収納できたようで、異種族のお嬢様風が妙に様になっていた。

見ている側としては実に微笑《ほほえ》ましいかぎりである。

「「……………（ロリババア）」」

「なんじゃや、一応マスターと下僕二号。我に何か言いたいことでもあるのか？」

「「いや、別に……」」

だが、正体を知っているゼロスとアドは、見た目に騙《だま》されることはなく率直な意見をボソリと口に出してしまった。

二人の呟《つぶや》きをしっかりと聞いていたアルフィアは、とても不機嫌そうな目で睨《にら》みつけている。

仮に視線が物質化する世界であったのなら、彼女の視線は確実に馬鹿二人の心臓を貫いていたことだろう。

「それよりも、よくお似合いですよ。アルフィアさん」

「そうか？　そうであろう。そうに決まっておる。ぬはははははは♪」

『『意外にウザイ性格のようだ。しかも、かなりのお調子者……』』

ルーセリスに褒められ調子に乗るアルフィア。

この世界の【前観測者】は、アルフィアを失敗作として封印した経緯がある。

彼女の性格が少しずつ明るみにされていくことで、『子は親に似る』という言葉が二人の脳裏を過《よ》ぎっていた。同時に『親の顔が見たい』という言葉も――。

できることなら彼女には、前観測者のような無責任な神になってほしくないところである。

今後は真っ当な世界管理をしてもらいたいと切に思う。

「よくこんなドレスがありましたね？　性格的にセレスティーナさんは似合いそうにないと思いますけど……」

「うむ……あの子はこれを着ようとはせなんだ。白と青を好む傾向があってのぅ。儂《わし》は、一度でいいからこれを着た姿を見たかったんじゃが……」

「とうとう着ることもなく、クローゼットの奥で肥やしになったんですね？」

「背中が丸見えじゃからのぅ……。恥ずかしいと言って嫌厭《けんえん》されたんじゃぁ！　一回でも着てくれればいいのに……」

「孫が絡むと、途端に駄目になるなぁ～この爺《じい》さん……。三時間ほど孫の話を聞かされたときは地獄だった……」

「アド君……それを言ってはいけない。そしてお疲れさま」

そう、このドレスはなぜか背中がはだけており、アルフィアにとっては翼を出せるので便利そうだが、普通に着るには少し問題があった。

一言で言うと、痛すぎる。

「儂は……儂は、あの子がこのドレスを着ている姿を想像するだけで……ハァハァ」

「……ゼロスさん。クレストンさんは大丈夫なのか？　なんか、凄《すご》くヤバイ気がするんだが……」

「駄目でしょ、重度の爺《じじ》馬鹿だからねぇ。今も孫のセレスティーナさんに近づく男を闇に葬ろうと、裏で色々と画策しているらしいですよ？」

「……気のせいか、ケモさんとダブるんだけど……」

アドはクレストンを見て、溢《あふ》れる愛情が暴走し周囲に多大な迷惑をばら撒《ま》く知人の姿を連想させていた。

「クレストンさんと似てるかなぁ？　僕にはケモさんの方が酷《ひど》く思えるがねぇ」

「似てるだろ。妙な服を着せたり、執着心を燃やしたり……。独占欲が酷すぎて異常としか思えないほどの溺愛ぶりなんだろ？　そのうち絶対にとんでもない真似をしでかすぞ」

「あぁ～……犠牲者になりそうな人物を一人知っているよ。彼は、この試練を乗り越えることができるのだろうかねぇ……」

「誰だよ……不穏な気がしてならないんだけど」

「孫娘にぞっこんの青少年……」

「そいつ……死んだな。確定事項だ……」

ゼロスの記憶にある、セレスティーナに恋心を抱く一人の青少年、ディーオ。

クレストンにとっては害虫でしかなく、間違いなく排除に動くことだろう。

先が思いやられるとばかりにゼロスは溜息《ためいき》を吐《つ》いた。

アドはディーオと面識はないが、それでもクレストンの態度からおおよそのことを察し、その後の展開が嫌でも理解できてしまった。

「うむ、これはさっそく街に出かけるべきじゃ。このラブリーな姿を大衆に見せ、我への信仰を高めてやるのじゃ！」

「アルフィアさん……アイドルでも目指す気ですかい？　お持ち帰りされても僕は助けませんよ？　心配するだけ無駄だし」

「ゼロスさん、それはちょっと酷いんじゃや……。女の子ですよ？」

ルーセリスの言っていることはもっともであるが、そもそもアルフィアは普通ではない。

体は人造、魔力は膨大（理論上は無限）なうえに、高次元から無尽蔵にエネルギーが供給される。

魔力の許容量だけでもゼロス達を超え、そこにあやしげなエネルギーが加われば世界が滅びかねないほどだ。お持ち帰りしようとする犯罪者の方が不憫《ふびん》である。

こんな謎の超生命体を助ける必要などないのだが、それはあくまでも事情を知るゼロスの考えであり、何も知らないルーセリスが心配するのは当たり前の反応である。

「いや、見た目はともかくとして、彼女は最強なんですよ。僕が何もしなくても一人で解決する力を持っているんですよねぇ。むしろ、お持ち帰りするヤツが地獄を見る――もとい実際に地獄送りになるかなぁ……」

「あの……それほど強いのですか？」

「体力や魔力は人間以上ですよ。鎖で雁字搦《がんじがら》めにしても、彼女なら余裕で引き千切って脱出できますねぇ」

【ソード・アンド・ソーサリス】においてホムンクルスは、錬金術の技量次第ではかなり強力な個体を生み出すことができる。むしろプレイヤーよりも強力でチートな存在もいたほどだ。

無論、素材にも影響を受けるが、今のアルフィアの体は過去に砕けた邪神の破片から採取された因子が組み込まれ新生されたわけで、ぶっちゃけゼロス達よりも遥《はる》かに強い。

四神を同時に相手しても余裕で勝てるだろう。

だが、四神はこの世界と位相世界の狭間《はざま》にある聖域から滅多に出てくることがないので、この凶悪な力を行使する機会は今のところないと言える。

『高次元からエネルギーを引き込めるのであれば、位相世界ぐらい簡単に行けるのではないか？』

と疑問に思うかもしれないが、話はそう簡単なものではない。

まず高次元のエネルギーは、この世界の物質に触れると大規模な対消滅《ついしょうめつ》反応を引き起こす。

ただでさえ制御が難しいのに、次元の異なる【聖域】を探し、あまつさえそこに行くための穴を開けるとなると、守るべきこの世界の崩壊を早めてしまう可能性が高い。

また、異なる位相軸に存在する聖域を探す過程で、探査中に空間そのものを歪《ゆが》める可能性もあり、これもまた世界崩壊を早めることになりかねない。

高次元生命体にとって物質世界は壊れやすいシャボン玉のようなものなので、何らかの方法で聖域まで侵入せねばならず、世界を維持したまま事を運ぶのが難しいのである。

「さぁ、ゆくぞ！　何をグズグズしておる。この舌で街の名物を味わうのじゃ」

しかしながら、その肝心のアルフィアは自由を満喫する気満々であった。

なにしろ待ち望んだ肉体を手に入れ、しかも人間と同等サイズ。完全体になることよりも自ら世界を堪能することにご執心のご様子。

その浮かれ具合は見た目には微笑ましく見えるのだが、世界を破壊できる最強の究極生物が街を歩き回ることになるので、ゼロスとしては正直心臓に悪い。

下手をするとうっかりで大規模な破壊を引き起こしかねないのだ。

「ゼロスさん……。ヤツは遊ぶ気満々だな」

「困ったことに、僕らでは彼女を止められない。ゲス共が出てくるまで自由にさせとくのは危険だけど、どうすることもできないのが実情さ。諦めよう」

完全体になれば、おいそれと物質世界に下りることはできなくなる。

彼女にとっては遊べる時間は今だけであるとゼロス達は思っているが、実際はそうではないことを彼らは知らない。事実、ゼロス達の世界の観測者は物質世界を満喫していた。

「ときにゼロスさん……。アルフィアを見てると、なぜかスマホのソシャゲを思い出すんだけど……」

「あぁ～、同じキャラのカードを合成したり改造すると、ビジュアルが前と全く異なる変身をする感じか。前に見たときよりもかなり成長してるしねぇ～」

「そう。段階覚醒とか、限界突破とか改ってやつ……」

「なんの話をしてるんですか？」

ルーセリスには二人が何を言っているのか理解できないでいた。

そんな三人の前でアルフィアは上機嫌でクルクルと踊り、クレストンが「なぜあれを着てくれなかったんじゃ、ティーナ……。職人に特注で作らせた一品だというのに…」と嘆いていたりする。

光と闇がそこにあった。

「さぁ、我を案内せよ」

「いや……出かけるのは確定事項なのか？　まぁ、僕はいいけど……」

「俺はパスする。刺されたくねぇし……」

「ユイさんとの関係が深刻だねぇ。どんだけ愛が重いんだ？」

アドは完全に尻に敷かれていた。

そんな彼の最近の愛読書は、デルサシスの著書第二弾、『男は背中で愛を語れ』だという。アドはできる男を目指しているのだろうか。

それよりもこの地を治める領主が、いつ原稿を書いているのかが気になるところだ。

色々と忙しい身の上のはずである。

「そうだなぁ～。煙草《たばこ》もなくなってきたし、そろそろ買いに行こうかな。ルーセリスさんも一緒にどうです？」

「えっ？　そ、そうですね……。今は手が空いていますし、いいですよ」

「うむ、決まりじゃな。ならば我についてくるのじゃ！」

「なんで君が仕切ってんの？　まぁ、別にいいけど……。戸締まりするから待っていてくれ」

「早くするのじゃぞ？　手早くな」

ふんぞり返る姿は微笑ましいが、若干イラッとくるのはなぜであろうか。

上から目線なのが少し気になるが、しかしそこは神様なので当然だと納得することにする。

この後、三人は街へ出かけるのだった。

◇　◇　◇　◇　◇　◇

地下遺跡都市イーサ・ランテ。

イストール魔法学院からこの地に島流し――もとい、魔法技術の解析要員として訪れていた学院生ディーオ。

彼の場合は魔法技術の研究ではなく、新たな土地で派遣された騎士団と共に防衛訓練や防衛構想を練る、所謂《いわゆる》戦術研究がメインである。

そんなディーオだが、週に二日ほど与えられる休日を利用し、一人でイーサ・ランテの街を散策していた。

「この街にもだいぶ慣れたよなぁ～……」

イーサ・ランテに来た当初は、古代都市の存在に圧倒された。

その後、この街が地下にあるということが不安になり、その不安を紛らわせるために訓練や戦術論の討論に没頭した。

何しろ古代都市である。老朽化している箇所がいくつも存在しているわけで、もしかしたら生き埋めになるのではないかと思うのも当然であろう。

地上に出られるルートが発見されてからは、訓練も地上で行われるようになったので、彼の精神も安定したようである。

そうなると、今度は別なことが気になり始める。

「最近、セレスティーナさんと会ってない……。元気だといいけど……」

そう、恋の問題である。

彼の場合はごく普通の一目惚れ《ひとめぼ》であり、この世界特有の奇病【恋愛症候群《ラブ・シンドローム》】ではない。

恋愛症候群は程度の差はあれ、基本的には互いの相性が良い人物同士で惹《ひ》かれ合う現象だが、ディーオの恋は単なる一方的な片思いなので、駆け引きが重要になってくる。

いかにして相手に好印象を持ってもらえるかが鍵であり、ディーオはいまだにその一歩を踏み出せないでいた。

『せめて、きっかけさえあればなぁ～』

一応ツヴェイトもディーオに協力してはいるが、それはあくまでも会話を繋《つな》ぐ程度であり、仲を取り持つようなことまではしない。

何しろセレスティーナの背後には、孫娘をこよなく愛する危険な老人が控えているのだ。

ツヴェイトも親友が無残に殺されることは望んでいない。祖父と親友の狭間で悩み、ギリギリのラインで出した苦肉の選択であった。

だが、そんな親友の葛藤に、恋に夢中なディーオは気付いてすらいなかった。

「余計な連中がいないこの時間がチャンスなのに……」

「何がチャンスなのですか？　ディーオ様」

「うわぁ!?　って……ミ、ミスカさん!?」

「はい。いつもクールに、あなたの背後に忍び寄るミステリアスなメイド、ミスカです。フッ……」

「ドヤ顔でなに言ってんですか？」

いつの間にか背後にいた、セレスティーナの世話係であるメイド、ミスカ。

知的でクールな見た目の印象とは裏腹に、彼女はいつも神出鬼没で、人を驚かせるのが趣味の人物であった。

そんな彼女は眼鏡をクイッと指で上げ、ドヤ顔をキメていた。

「前方の店から出てきたときに、何やらお悩みのようでしたので、不肖ながら声をお掛けしたまでのことです。ディーオ様はツヴェイト様のご友人ですので」

「いや、なんでわざわざ背後に回る必要があるの？　普通に声を掛けてくれればいいですよね？」

「何を仰《おっしゃ》いますか。知り合いを発見したら、直《ただ》ちに背後に回って驚かせるのが礼儀ではありませんか。ディーオ様は分かってらっしゃいませんね」

「いやいや、普通に失礼ですからね!?　俺がおかしいの？　それが世間の常識なの？」

ディーオは内心でミスカを警戒していた。

何しろ彼女は孫娘をこよなく愛する爺馬鹿のクレストン配下の者であり、言ってしまえば恋の成就を邪魔する側の人間だ。公爵家の命令次第ではどんな手を打ってくるか分からない。

ツヴェイトの話ではセレスティーナの護衛も兼ねていると思われる。

「やれやれですね。そこまで警戒なさらなくてもよろしいでしょうに。そのような調子では、いくら待ってもツヴェイト様に『やらないか？』と言ってもらえませんよ？」

「言ってほしくないからね!?　なに？　僕達の関係ってそんな風に思われてるの!?」

いちいち感情的に否定するディーオに、ミスカはクールに「ちょっとした冗談ですよ」と言って話を終わらせた。完全にからかわれている。

「まぁ、身のほど知らずにも、お嬢様に恋慕の情を抱いていることに関しては、私も高く買っていますよ？　いくらお嬢様が公爵家の末席とはいえども、いずれはお屋敷を自らの足で出る身。私共も外に心強い友人がいてくださると、なにかと安心できるというものです」

「えっ？　セレスティーナさんって、婚約者とかいないんですか？」

「政略結婚の駒として、ですか？　まさか。大旦那様や現当主のデルサシス様も、お嬢様にそのような真似などしませんよ。貴族としての責務に縛り付ける気は毛頭ありません」

これは嬉《うれ》しい情報だったが、内心で喜んだ直後、ディーオの警戒心が警鐘を鳴らす。

あまりにも話が唐突で胡散臭《うさんくさ》いと思えたのだ。

そもそも孫娘を溺愛するクレストン元公爵が、どこの馬の骨とも知れない一介の魔導士見習いに過ぎないディーオに、最愛のセレスティーナを任せるとは到底思えない。

「……それ、どこまでが本当の話なんですか？　まさかとは思いますが、巧《うま》いこと俺を言いくるめて、人知れず裏で抹殺する気じゃ……」

「猜疑心《さいぎしん》が酷いですね。確かに私はお嬢様に近づくハエを蹴散らす側の人間ですが、個人的な恋愛感情を否定するつもりはありませんよ？　愛は困難を乗り越え育《はぐく》まれるもの。お嬢様に対しての想いが本物であるというのであれば、あえて戦うべきだとも思っています。その証《あかし》としてこれをどうぞ」

「……こ、これは!?」

それは所謂《いわゆる》【温泉宿の宿泊券】というものだった。

この地下都市であるイーサ・ランテを越えた先は隣国のアルトム皇国であり、地下街道を出てすぐの山間《やまあい》にある小さな町が、最近温泉街として有名になりつつあるリサグルの町である。

隠居した貴族達が療養に訪れ、のんびりとした時間を過ごすことが最近のブームとなっていた。

イーサ・ランテに駐留する騎士も休暇でよく行く場所であり、ディーオも訓練中、指導してくれた騎士から何度も温泉の素晴らしさを聞かされた。

だがこれは、ミスカ側からすれば敵に塩を送る行為だ。

「なぜ、俺にこれを？」

「もうじき学院も冬期休暇――いえ、既に季節が変わっていますので春期休暇ですね。……に入りますので、帰宅する前に温泉を体験しようとお嬢様が購入したものですね。ですが二日前に福引きで同じものが当たってしまい、使い道がなくて困っていたところです」

「……あっ、言われてみればもう休暇に入ってもいいはずなのに、なんでいまだにここにいるんだろ？」

「学院は既に休暇に入っていますが？　連絡はいまだに来ていないようですが、そろそろ来るころかと思いますね」

「……」

要は学院側がディーオ達上位成績者の存在を忘れていたのである。

それほど学院内の講師陣営は混乱しているということになるのだろうが、今のディーオにとっては温泉宿の宿泊券が気になって仕方がない。

ディーオにとってミスカは油断ならない人物であり、こうした施しにも何か裏があるように思えるが、たとえ罠《わな》だとしてもこういうチャンスを拾っていかなければ、彼の立ち位置的に永遠にセレスティーナと恋仲になれそうもない。

「……いいんですか？」

「はい。使わないで保管しても仕方がありませんし、もったいないですから」

「!?」

顔色変えずにしれっと言ってのけるミスカ。

とても胡散臭い話で、なにか裏があると訝《いぶか》しむが、ディーオにとってこれが好機でもあるのも確かだ。

「ありがたく使わせていただきます」

「いえいえ。お嬢様も異性に興味を持ってもらわねば困りますから、私としてもちょうど良い玩具《おもちゃ》──もとい、教育の一環としては渡りに船──いえいえ、生贄《いけにえ》──」

「言葉を綺麗《きれい》に言い換えようとしても、本音がダダ漏れですよ!?　むしろ酷くなってるし……。要は俺をダシに使いたいわけですか。まぁ、現状としてはありがたいですけど……」

「申し訳ありません。根が正直なものですから。キリッ！」

「だから、なんでドヤ顔を……」

何はともあれ、ディーオはきっかけを作る手札を手に入れた。

だが、この宿泊券はあと四人宿泊できる。自分一人だけで使うにはもったいない。

というよりも一人で温泉街に行くのは寂しい。むしろ虚《むな》しい。

「ツヴェイト達も誘うかな。アンズちゃんやエロムラもついでに……」

「……くれぐれも、少女に手は出さないでくださいね？」

「俺はロリコンではないですよ！　でも、とりあえずお礼を……甚《はなは》だ不本意ですが、ありがとうございます」

「おかまいなく。こちらとしても、使われない宿泊券の行き場に困っていましたので」

宿泊券を手に入れたディーオは、期待に胸を膨らませながらこの場を去っていった。

彼の背を見送りながら、ミスカの眼鏡はあやしく光る。

「ふふ……想定通りに事が動いていますね。これでお約束の準備は整いました。嬉し恥ずかしい青春の一ページ、お嬢様達はどう綴《つづ》るのでしょうね」

セレスティーナに恋愛を経験させたいと思っているのは、嘘《うそ》ではない。

仮にディーオとセレスティーナの仲が進展し、祖父のクレストンと対立して流血沙汰の結果になったとしても、そこに口出しする気も全くない。

あくまでも教育の一環としての行動だが、面白いからという理由も少なからずあり、利用される側は堪《たま》ったものではないだろう。

大人の思惑に弄《もてあそ》ばれる不幸なディーオであった。

第三話　ツヴェイト、温泉へ誘われる

ディーオがツヴェイト達の元へ戻ると、ちょうど学院生達全員に冬期休暇の連絡が届いており、全員が慌ただしく帰り支度を始めていた。

いや、季節が変わっているので、もはや春期休暇なのだが。

イストール魔法学院では既に休暇に入っているので、イーサ・ランテに出向させられた成績優秀者は不満が溜《た》まっていたが、これで家に帰れると喜びに溢《あふ》れていた。

「温泉に行こう！」

「「はぁ!?」」

そんな最中、ツヴェイトと彼の護衛役であるエロムラは、唐突に何の前触れも脈絡もなくそんなことを言い出したディーオに対して、間抜けな声を上げた。

「ディーオ……それは、男同士で……か？」

「男同士、温泉……。お前、そっちの気があるのか？」

「なんでだよ！　どうして皆、俺をそっち系だと思うんだぁ!!」

『『他にも誰かに言われてんのか？』』

ツヴェイトとエロムラの疑問に対し、ディーオは完全否定。

さすがに、他の者からも疑惑をかけられているなどとは、二人も思わないだろう。

「ミスカさんにリサグルの温泉宿泊券を貰《もら》ったんだ……。俺一人で行くのも何だし、ツヴェイト達を誘っただけだよ！　本当だぞ!!」

「分かった分かった。それにしてもミスカからかよ……。裏がありそうで怖いな」

「けどよぉ、同志。実家に戻る前に旅行もいいんじゃねぇか？　俺も温泉に行ってみてぇしさ」

「そうだな……。ただし、リサグルは隣国の町だから馬鹿な真似はできねぇぞ？」

ツヴェイトは温泉の宿泊券をくれたのがミスカであることが引っかかっていた。

彼の知る限り、ミスカはそんな施しをするようなタイプではない。むしろ何か裏があると疑ったほうがしっくりくるほどに、彼女に善意は期待できない。

というより、善意とはほど遠い性格なのだ。

「それでディーオ、ミスカのヤツはなんて言っていたんだ？」

「ん？　福引きで宿泊券が当たったけど、ダブったから使いませんかって俺にくれたんだ」

「なるほど……お前の目的はセレスティーナか。俺をダシに使う気だな？」

「いいじゃないかぁ！　確かにツヴェイトは会話をするきっかけは作ってくれるよ。けど、彼女との仲を取り持つようなことはしてくれないじゃないかぁ！」

「俺だって辛《つら》い立場なんだよぉ!!　実の祖父の手で、お前が殺されるところなんて見たくねぇ！」

主に親友の命がかかっている。

だが、その親友はセレスティーナを諦めることはなく、今も想いを募らせていた。

むしろ、ツヴェイトが積極的に加担してくれないため、ディーオがいささか暴走している傾向がある。このままでは本当に抹殺されかねず、ツヴェイトも気が気ではない。

「そういや、同志の爺《じい》さんってヤバイ人だったな」

「ああ……セレスティーナのことになると異常だな。下手をすると、ディーオの家族にまで被害が及びかねん」

「孫娘なんて、いずれは嫁に行くもんだろ。ディーオはそんなに悪い奴じゃないと思うぜ？　むしろ善人だろ。くっついても安心なんじゃね？」

「善人だろうが悪党だろうが、御爺様にとってセレスティーナに近づく男は全て敵だ……」

「……同志の爺さん、大丈夫なのか？」

「少し前まで俺も尊敬していたんだ………」

【煉獄《れんごく》の魔導士】という異名を持ち、現役の頃には戦場でその名を轟《とどろ》かせ、統治者としては法尊守の厳格で公平な統治をしていたクレストンだったが、ツヴェイトは今まで祖父の貴族としての顔しか見ていなかった。

セレスティーナを溺愛する祖父の姿を初めて見たとき、理想と現実の差に愕然《がくぜん》としたほどだ。

「最近さ……知りたくもなかった現実ばかりを目にするんだ……」

「あぁ～気をしっかり持て、同志よ。たとえ性格的に問題があっても、優秀なところは確かにあるんだろ？　なら、優秀だと思えるとこだけを学べばいいじゃねぇか」

「すまん……。このところ俺の周辺が暴走しているような気がしてな、家族関係に疑問が浮かんでしょうがねぇ……」

「家族の本性を知っちまって悩んでんだな……。俺には慰める言葉が上手《うま》く浮かばん。強く生きろ」

「その気遣いはありがたく受け取っておく……」

「同志の家族の噂話《うわさばなし》は結構聞くけど……確かに色々とおかしいよなぁ～。まとめてみると……」

エロムラは自分が知る情報を簡潔にまとめ、並べ立てていく。


父親・デルサシス。

貴族としても商人としても常識の埒外《らちがい》で、女性関係が謎のやり手。

裏で何をしているのか分からない無法者。独自の哲学を書籍にして絶大な支持を得ている。


弟・クロイサス。

魔導の知識を探求するマッド。周囲を巻き込むほどのトラブルメーカー。


妹・セレスティーナ。

才能を開花させた才女だが、プチ腐女子。

ミスカの暗躍でそっち系の書籍を出し、見事に作家デビュー。

しかもベストセラーとなって儲《もう》けを出している。

兄妹の中で一番金持ち。どう考えても文才は父親似。

祖父・クレストン。

他国に知れ渡るほどの高名な魔導士だが、異常なまでに孫娘を溺愛する。

セレスティーナのためと称して裏で暗躍するヤバイ人。


母親に関しては浪費癖があるだけだが、貴族の女性であれば許容範囲内。

元より貴族の年間収入は一定に固定されており、その予算内での暮らしをしていく決まりとなっている。税金の無駄遣いはできない。

こうなると、クレストンの血を引く者は異常な才能を秘めていることになるのだが、ツヴェイトだけがその枠組みから外れていることは確かである。

「こうして見ると、同志の血筋って凄《すげ》ぇな……」

「待て、エロムラ！　セレスティーナが作家デビューって、俺は初耳だぞ!?」

「いや、俺も偶然知ったんだよ。ミスカさんが同志の妹に『原稿はまだですか？　前作の主人公とサブキャラの男性との絡みが気になってしょうがないと、読者の意見が殺到しているんですよ』って言っていたところを偶然見かけてさ」

「それだけでそっち系の本とは限らないだろ。主人公が女かもしれんし……」

「気になってそのまま聞いていたんだが、どうも主人公の名前がフレッドらしい。どう考えても男だろ……。んで、男性サブキャラとの絡みと言ってるんだぞ？　ジョバーニってキャラ名だから、明らかにそっち系だろ」

「マジか……」

まさかセレスティーナがそんなことをしているとは思ってもいなかった。

予想の斜めを行くのがソリステア公爵家の傾向のようで、その事実にツヴェイトは愕然とする。

「……ディーオ、お前はこの事実を受け入れ……ん？」

セレスティーナに想いを寄せるディーオの心境が気になり話を振ったツヴェイトであったが、彼は膝を組むようにして座り、部屋の角で何かを呟《つぶや》いていた。

ディーオの背後から覗《のぞ》き込んでみれば、彼は感情を無くし、ただ都合の良い現実を信じようと必死に自己暗示をかけているようである。

これはさすがにヤバイ。

「嘘《うそ》だ……俺は信じない。これは何かの陰謀だ………。そうだ、俺を彼女から引き裂くクレストン元公爵の罠《わな》に違いない。そうだ、そうに決まっている…………」

「どうする？　同志。めっちゃ現実逃避してるぞ……」

「どうするも何も、個人の趣味の話だしなぁ～」

趣味は人によって千差万別。

ディーオにとってセレスティーナのボーイズラブに対する趣味は看過できなくとも、下手に『腐の趣味はやめろ』と詰問すれば恋愛成就の話どころではなくなる。

最悪、彼の初恋は一発で終わりを迎えることになりかねない。

「フッ……ここは俺に任せろ。ヤツの正気を取り戻させてやる」

ニヒルな笑みを浮かべ、ツヴェイトに背を向けるエロムラ。

そして部屋の隅でブツブツと呟いているディーオの後ろに立つと、おもむろに足を上げていきなり蹴り飛ばした。もちろん手加減をしている。

「ヘブシャァ!?」

ゴンという音と共に、ディーオは顔面を壁に強打することになる。

そんな状況もお構いなしといった感じで、エロムラは痛みで顔に手を当て蹲《うずくま》る彼の襟首を掴《つか》み、強引に自分を直視するよう顔を向けさせた。

「認めろ、ディーオ……。ティーナちゃんは腐の世界の住人だ。あの子は男同士の世界を妄想し、あまつさえその妄想の産物を書籍化してウハウハのブルジョワだ！」

「やめろぉ――――っ!!　違う！　これは何かの罠だぁ――――――――っ!!」

「現実から逃げるんじゃやねぇ!!」

「ギャプッ!?」

ディーオの頬《ほお》にビンタを食らわしたエロムラ。今の彼の表情は無駄に男前であった。

「聞け！　確かに偏ったオタク趣味は他者からは理解しがたいかもしれない。しかぁ～しっ、彼女の書き上げた書籍は今やベストセラーだ。それは彼女の作品がたくさんの人から支持を得ているからに他ならない。ディーオ……お前は、ティーナちゃんの表層的なところしか認めず、彼女が心から表現したいと思っていることは否定するのか？　それであの娘に惚《ほ》れていると言えるのか？　それはお前の理想の押しつけで、彼女の個性を否定しているのと同義ではないのか？　傲慢《ごうまん》だろ！」

「!?」

ディーオの背中に稲妻のような衝撃が走った。

確かにセレスティーナの趣味はディーオにとって容易《たやす》く受け入れられるものではないのかもしれない。

だが、人はそれぞれ個性があり、その個性や感性によって好みや趣味は多様に分かれ、千差万別の人間が溢れている。それが社会だ。

他者が個人の趣味を否定する権利などなく、まして偏見の目を向けるなど傲慢以外の何ものでもない。エロムラの熱い言葉はディーオの心に鋭く突き刺さったのである。

「俺が……彼女を否定した？」

「あぁ……どんな趣味を持とうと人の自由だ。ティーナちゃんが楽しんでいるものをディーオが侵害する権利などどこにもない」

「そうか……俺が間違っていたよ、エロムラ……。そうだね、彼女の全てを受け入れ愛してこそ未来は幸福に満ちるはずだ。それなのに俺は……」

セレスティーナの趣味はともかく、それ以前にディーオと彼女の関係はいまだに平行線のままだということを忘れている。まだイチャラブな関係ではない。

それなのにディーオとエロムラは勝手に話を進めており、現実に気付いていなかった。

「そうだ！　俺は……彼女の全てを受け止めて、輝かしい幸福な世界を目指すべきなんだぁ!!　ありがとう、エロムラ。俺は目が覚めたよ」

「うむ。相手に理想を求めるのはよくあることだが、それ以上に意中の相手には寛容でなくちゃな」

彼女のいないエロムラが、偉そうに腕を組んで満足そうに頷《うなず》いている。

「いや、それ以前にセレスティーナとの仲はいまだに進展してないだろ。つぅか、その方が幸せだと思うんだが……」

ツヴェイトの呟きの通り、これでディーオはますますクレストンの魔の手に曝《さら》されることになる。

本気で誰かを好きになることは素晴らしいことだが、だからといってディーオとセレスティーナの関係が変わるわけではない。

結局のところ、一方的にディーオが熱を上げ、さらなる死のリスクを背負うことになっただけであり、エロムラは余計な真似をしただけだ。

「……エロムラ。お前、なに焚《た》き付けてんだよ。諦めてくれたほうが楽だったのに」

「いや、人の恋路ってさ、応援したくなるじゃん」

「その心意気は分かるが、ディーオの命が危険だということを忘れてないか？　暗部が直接動いたら、三日もかからずにディーオはオーラス大河に浮かぶことになるぞ」

「落ち込んで鬱陶《うっとう》しいよりはいいだろ？　まぁ、公爵家令嬢なんだから、一般人のディーオと結婚できるわけがないだろうさ」

セレスティーナに関することにかけては、二人が辟易《へきえき》するほどディーオはウザかった。

立ち直り、新たな決意に燃える彼は、『やるぞ！　うぉ――――っ!!』と叫んでいる。

そして恋は彼の視野をさらに狭め、公爵家の令嬢である現実を完全に忘れさせていた。

たとえ公爵家の人間として認められていなくとも、その家系は間違いなく王家直系であり、将来の相手は相応の地位にいる人物が選ばれるだろう。

どちらにしてもディーオと結ばれることはないのだ。

「それは、そうなんだが……。ディーオを見ていると、あの根性で地位をもぎ取りそうな勢いがある気がして……」

「それ以前に、現在相手にもされてないだろ。ティーナちゃんは男を作るよりも今が楽しそうだからな」

「まぁ、それもあるな。ところで、お前はいつからセレスティーナのことをティーナちゃんなどと馴《な》れ馴《な》れしく呼んでいるんだ？」

「ん？　結構前からだが、二人の前で言ったことなかったっけ？　まぁ、俺の名前はエロムラで定着してるけど……」

「なん……だってぇ……？」

やる気を出して立ち直ったディーオが、突然ホラー映画の悪霊に取り憑《つ》かれた被害者の如く、骨格的にありえない角度で首を回し振り返った。

「な、何か……怖いぞ、ディーオ……」

「なんで……なんで、エロムラの名前をセレスティーナさんが覚えているのさ……」

「いや、俺は図書館でよく会うし、たまにミスカさんに頼まれて護衛もしてるわけで……自然と覚えられる機会があるわけだ」

「あなた……狙ってますか？」

「その、ドアップで迫りながら俺の前で首を傾《かし》げるの、やめてくんね？　どこかの司教を思い出すんだけど……」

凄《すさ》まじい迫力でエロムラに詰問するディーオ。

今にも背後から黒い手を無数に伸ばしそうな、ドス黒いフォースを放出している。

「ディーオ、エロムラはエルフと少女にしか興味はないぞ？　堂々とアンズに手を出したいと言うほどだ。ツルペタどんと来いと言うほどの変態だ」

「それって、セレスティーナさんも守備範囲内ということじゃないかぁ！」

「何気に失礼だなぁ、同志⁉　それ、逆効果だからぁ‼　火に火薬を放り込んでるからねぇ⁉」

ディーオから危険な気配が発散されていた。

彼は、フラフラと自分のテーブルへ向かうと、ペーパーナイフを取りエロムラに向き直る。

「へへへ……セレスティーナさんに近づく男は、皆死んじゃえばいいんだぁ～～」

「『それはストーカーの思考と同じだぞ⁉　つぅか、はやまるなぁ‼』」

「ツヴェイトもさぁ～、協力的じゃないよねぇ……？　諦めさせようとしたりして、酷《ひど》いと思わないかい？　俺がどれだけ彼女のことを真剣に想っているか、ここであらためて知ってもらうのもいい機会だと思うんだぁ～～」

なぜかディーオの矛先はツヴェイトにも向けられていた。

おどろおどろしい気配を醸《かも》し出しながら、彼はゆっくりと歩みを進める。

対してツヴェイト達はあまりの迫力に後ずさった。

「なぁ、ディーオ……？　落ち着け……」

「俺は落ち着いているよぉ～、ツヴェイト……。けどさぁ～、君も悪いんだぁ……。俺から彼女を引き離そうしているしさぁ～……」

「引き離すも何も、お前はまだ友達以上恋人未満にすらなってねぇじゃん……」

「エロムラ、君は危険すぎる。彼女に近づくための障害は少ないほうがいいんだ……」

「「は、話せば分かる………」」

「駆逐してやる……。恋敵と邪魔者を……一匹残らず……」

彼は暴走した。

溢れんばかりの恋慕の情を殺意に変えて……。

◇　◇　◇　◇　◇　◇　◇

——カラン！　カラン！　カラン！

「おめでとうございます！　一等、二泊三日二名限りのリサグル温泉宿泊券、大当たりぃ〜〜!!」

「…………」

サントールの商店街で福引きをしたジャーネは、いきなり大当たりを引いてしまい当惑していた。たまたま食料の買い出しで貰った福引き券。なんとなく試した一度きりのくじ引きは、自分でも予想外の結果が出てしまったのである。

別に期待していたわけではないが、できれば二等の剣【ツヴァイハンダー】か、三等の【上級ポーション詰め合わせセット】の方がよかった。

「……一等はいいから、二等か三等のどちらかに換えてくれないか？　アタシとしてはそっちの方が欲しいんだけど」

「残念だけどぉ、そのどちらも既に当てられてるネ。今から変更は不可能デース」

「あっそ……」

宿泊券が当たったこと自体は嬉《うれ》しいが、問題は二名限りというところだ。

ジャーネ達は三人一組のパーティーなので、どうしても一人があぶれてしまう。

使用期限があるので使わないともったいないが、誰が行くかで揉《も》めるのだけは避けたいところであった。

「どうする？」

「私は行かないわよ？　温泉に行くなら、可愛《かわい》いダーリン達と行くから」

「まぁ、レナはそうだろうな……」

「レナさん、ぶれないね……。私も無理かな。ジョニー君達に引率を頼まれて、街の外で狩りの訓練に付き合うことになってるし」

「イリスもかぁ～……これ、有効期限が今月で切れるみたいなんだけど……」

イリスとレナ共に予定が埋まっていた。

こうなると温泉には一人で行かねばならないが、それはそれで寂しい気がする。

傷心旅行みたいで何か嫌だった。

「ん～、だったらおじさんと一緒に行けば？」

「イリス!?」

「あら、それはいいアイデアね。どうせゼロスさんに気があるんだし、ここは婚前旅行気分で行ってくれれば？」

「こ、こここここ、婚前旅行!?」

ジャーネも一応、自分が恋愛症候群《ラブ・シンドローム》を発症していることは自覚している。

元より本能が相性の良い異性を求めている現象なので、治す薬など存在するわけでもなく、いずれはゼロスの元へ嫁入りすることになるだろうとは思っている。

しかし、ジャーネは内面が純粋な乙女なので、デートなどの段階を踏まずにいきなり婚前旅行するなど気が引けてしまう。

「そ、そんなこと、できるわけがないだろ！」

「なんで？　ジャーネさんは発情中なんでしょ？　おじさんと相性は良いんだし、このままゴールインしちゃいなよ」

「発情言うなぁ!!」

「ねぇ、前々から思っていたんだけど……。ジャーネって、ゼロスさんくらいの年配の男性に対して距離を置こうとするわよね？　もしかして何かトラウマでもあるの？」

「………うっ」

レナの一言にジャーネは言葉が詰まった。

彼女の言ったことは核心を突いており、事情を知っているのはルーセリスを除けば育ての親でもあるメルラーサ司祭長だけである。そして触れられてほしくない過去の話でもあった。

「そう……なんとなく想像はつくけど、言わないほうがいいわね」

「アタシはレナのその察しの良さが嫌いだ……」

「えっ？　えっ？」

「イリスは知らないほうがいいわ。人のプライバシーには触れるものではないし、許しもなく不用意に踏み込んでいい話ではないから」

「それ、レナさんは知っているってことだよね？　私、そんなにニブチン？」

「ジャーネ自身の問題ということだけよ。だからこそ温かく見守っていましょう。ゼロスさんとの仲がどこまで深まるかをね」

「結局そこに話がいくのか……。それよりこの宿泊券、どうしよう。司祭長にでもあげるべきか……」

行き場のない温泉宿泊券。メルラーサ司祭長にプレゼントしようかとも思ったが、なんとなく『そんなもんはいらないよ。気のある男と一緒に行けばいいさね。そんで女になってきな。アッハッハッハ！』と言われる気がした。

神への信仰を侮辱するような生き方をしている司祭長だが、育てた子供達には妙に気を回すのである。そしていまだに結婚していないジャーネやルーセリスに対してなにかとそちらの話を勧めてくる。

孤児であった者達に幸せを掴んでもらいたいという優しさはありがたいが、段階を踏まずにいきなり関係を結んでこいという豪快さには辟易してしまう。

強引に見合いを斡旋《あっせん》してくる世話好きおばちゃんよりはマシではあるが……。

「マジでどうしよう……」

手で拡げた宿泊券を見つめながら、ジャーネは深い溜息《ためいき》を吐《つ》くのであった。

◇　◇　◇　◇　◇　◇　◇

ソリステア公爵家を支持する貴族家はとても多く、エルウェル子爵家もその一つだ。

だが、エルウェル子爵家の当主であったエドワルドは盗賊討伐の際に毒矢を受けて命を落としており、現在は妻であるマルグリット・ド・エルウェルが当主代行の任に就いていていた。

元よりエルウェル子爵家直系の一族であったマルグリットは、父親から領地の運営について学んでおり、婿養子であったエドワルドと死別後もそれほど苦労することなく家を切り盛りしていた。

そんな彼女が現在気にしているのは、娘であるクリスティン・ド・エルウェルのことである。

クリスティンはエルウェル家の三女として生を受けたが、二人の姉は既に他家へと嫁に行ってしまい、エルウェル家は彼女が継ぐことになる。

それを自覚しているのか、クリスティンは真面目に勉学に励み、また騎士として毎日の日課となった剣の修練にも打ち込んでいた。

だが母親として、年頃の娘が責務に追われている姿は正直見ていて辛い。どこかで息抜きをさせてあげたいとも思っているのだが、クリスティンの真面目すぎる性格がそれを頑《かたく》なに拒んでいたりする。

そんな娘は現在、窓から見える庭園で騎士達を相手に剣の修練をしていた。

「ハァ……どうしたものでしょうか」

「ふむ……無理にでも休ませる必要があるな。真面目なのはよいことじゃが、このままでは気負いすぎて潰《つぶ》れるぞ」

「やはり、そう思いますか？　サーガス殿」

「うむ。年頃の娘じゃ、少しくらい遊んでもいいだろうが……少々無理をしているように見える。ここは強制的に休暇を与えるべきじゃな」

【サーガス・セフォン】。【煉獄の魔導士】と異名を持つクレストン前公爵と双璧をなすと言われており、それなりに名の知れた魔導士である。

歳に見合わぬほど筋肉質で長身のご老体で、その背丈は二メートル近い。

このご老体は元より奔放な性格で、誰かに仕えようなどとは思わない人物ではあるが、現在はエルウェル家でクリスティンの家庭教師を務めている。

なぜ貴族家の家庭教師をしているのかといえば、ただ単に『生活費を稼ぐため』だった。

魔法適性がないと思われたクリスティンが、アーハンの村から戻ったときにはなぜか魔法が使えるようになっており、急遽《きゅうきょ》として魔法を教える教師が必要となった。

そして、クリスティンは魔法を扱う術を覚えるのも早く、並の魔導士ではすぐに教えることがなくなってしまう。ゆえにある程度の実績を持つ人物が必要となり、選ばれたのがサーガスであった。

生活費がない高名な魔導士と、後継者の教育に魔導士を必要とする子爵家で利害が一致し、現在に至っている。

「こんなことなら、イストール魔法学院にでも入学させるべきでした」

「いや、その時点では魔法が使えなかったのじゃろ？　あそこは才能のない者には冷たい場所じゃ。行かなくて正解だと思うぞ？」

「ですが、同年代の友人すらいないのですよ？　それはそれで悲しすぎます」

「ボッチか……それは辛いのぅ」

サーガスもクレストンという喧嘩《けんか》友達はいたが、クリスティンには同年代の友人がおらず、日夜剣の修行に明け暮れている。

年頃の娘が修行ばかりというのは悲しいことだ。

「友人を作るのは無理じゃが、息抜きはできると思うぞ？」

「どうなさるのですか？」

「ほれ、最近なにかと噂に聞くじゃろ。隣国の温泉の話をのぅ」

「なるほど、疲れを癒《いや》すという名目で鍛錬を休ませるのですね？」

「さよう。それに、あの娘がアーハンから持ち帰ったオリハルコン。鍛えられる職人がおらぬゆえに、いまだに剣の製作ができておらん。リサグルの町にはドワーフもおるらしいし、職人捜しの名目も立つわけじゃ。儂《わし》も骨休めに行くと言えば、あの娘も嫌とは言うまい」

「素晴らしい案です。サーガス殿！　では、さっそく手配しましょう」

机に置かれた鈴を鳴らし執事を呼ぶと、意気揚々と温泉へと行く手配を指示するマルグリット。

そんな母親の気遣いを知らず、窓の外ではクリスティンが剣の修練を続けていた。

第四話　おっさん、調査依頼を受ける

クレストンが住むソリステア公爵家の別邸。

手入れされた庭園を、ユイは散歩していた。

出産間近であろう大きな腹部を愛《いと》おしそうに手で触れ、『元気に生まれてきてね、私の可愛《かわい》い赤ちゃん』と嬉《うれ》しそうに呟《つぶや》いている。

だが、そんな彼女を不安そうに見ている者が一人。

「ユイ……頼むから部屋にいてくれ。万が一のことがあったら俺は……」

そう、地球では彼女の婚約者であり、異世界ではもはや事実上の夫でもあるアドだ。

彼女のお腹が大きくなるにつれて、彼は異常なまでに過保護になっていた。

まぁ、初めて出産に立ち会うことになるのだから、不安に駆られるのも無理もあるまい。

「あら、妊婦でも少しの運動は体にいいんだよ？　俊《とし》君は心配性だね」

「いや、普通は心配するだろ」

「庭園を散歩するくらいなら平気だよ。むしろ俊君の方が心労で禿《は》げちゃうんじゃないかって、凄《すご》く心配なんだけど……」

クレストンの元で世話になっているアドは、生活費を稼ぐために魔法スクロール作りや、魔導具に使用する魔石や魔晶石に魔法式を刻む仕事を行っている。

最近は【魔導式モートルキャリッジ】の部品でもある、魔力モーター内の磁力発生部品の製作に携わっており、魔導士派閥であるソリステア派の魔導士達に手ほどきするなど、とにかく必死に働いていたが、帰宅すれば彼も一人の夫であり、もうじき父親。とにかくユイを心配しすぎて、なにかと彼女につきまとっていた。

見ているほうは鬱陶《うっとう》しいが、ユイは実に幸せそうである。

「なんじゃ、またユイ殿のそばに来ておるのか？　父親になるのじゃから、もう少しどっしりと構えておらぬか」

「クレストンさん……しかしなぁ～」

「体調のことなら、ユイ殿が一番分かっておるじゃろ。医者も我が屋敷におるのじゃし、何かあっても充分に対応できる。少しは信用せぬか」

かつてクレストンも同じ思いを体験したゆえに、アドの行動に思わず苦笑いが浮かぶ。

しかし、出産するのはあくまでもユイなので、アドが彼女につきまとったところで何も変わりはしない。

無駄とは言わないが、毎日このようなアドの姿を見ていると、『いい加減に落ち着け』と言いたくなる。

「アドさん、思っていたよりも愛妻家なんだね……」

「違うわよ、リサ。アドさんは、単にテンパッているだけだと思うわ。毎日飽きないわよね。女としては少し羨《うらや》ましいけど……」

「あの、ルーダ・イルルゥ平原でのダークな感じは、いったいどこへ消えちゃったのかな？」

「この様子だと、女の子が生まれたら親馬鹿になる可能性が高いわね。私には見えるわ、子供が虐《いじ》められた際に報復として危険な魔法をぶち込むアドさんの姿が……」

「やるか！」

リサとシャクティに散々なことを言われているアドだが、否定しようにも今の彼には説得力がない。第二のクレストンになる確率は高いように思われる。

クレストンはアドを見ながら、『儂《わし》、娘も欲しかったんじゃよなぁ〜。息子がアレじゃし……』と呟くのであった。

そんなほのぼの（？）と過ごしている者達の元へ、この屋敷で執事を務めるダンディスが足早にやってきた。

「アド殿、こちらにおいででしたか」

「あっ、ダンディスさん。どうかしましたか？」

「先ほど使いの者が来まして、旦那様がアド殿とゼロス殿に来てほしいとのことです。火急の知らせでしたので捜していたのですよ」

「デルサシス公爵が？　何の用だろ？」

「私には分かりませんが……」

「アド殿……あやつのことじゃから、おそらく碌《ろく》でもないことが起きた可能性があるぞ？　その対応にお主等を使おうという魂胆じゃろ」

クレストンは実の息子の性格を熟知していた。

残念ながら行動までは読み切れないが、アドとゼロスという人選でおそらく厄介事が発生した可能性が高いと予想をつける。

そういうときほど適切な人材を選ぶからだ。

「自分の配下では駄目なのか？」

「我が領内でも、先の構造改革で騎士や魔導士がだいぶ王都に引き抜かれたしのぅ。そこから再編が今も続いておるので、適当な者がおらぬのじゃよ」

「いや、あの人ならたぶん裏に配下が……」

「そこから先は言わぬほうがよいぞ？　どこで聞き耳を立てておるか分からぬからな。なにかと危険に首を突っ込むヤツじゃし、知らせに来た時点で既に退路は塞《ふさ》がれているとみていいじゃろぅ。断ることすら許されぬじゃろぅて」

「……選択肢はないのか。仕方がない、行ってくる……雇われている身だし」

「背中が煤《すす》けておるのぅ」

アドとしてはユイのそばにいたいところだが、立場的には雇われ派遣社員の身の上。

どこかのおっさんのように臨時の稼ぎがないアドは、別の意味でブラックな商会の会長の要請に応えないわけにはいかず、とぼとぼと足取り重く裏門の方へと向かっていった。

「俊君、ファイトォ～！」

「アドさん、がんばれぇ～！」

「生きて帰ってくるのよ」

熱い声援を背に受け、アドはゼロスの家に向かうべく、裏門から林の中へと消えていった。

「……ところで、セレスティーナが帰ってこないのじゃが、ダンディスは何か知らぬか？　忙しくて忘れておったが、学院はとっくに冬期休暇に入っておるはずなのじゃが……。暦の上では季節は春に変わっておるぞ？」

「イストール魔法学院でも大規模な人事異動がありましたからね。そのしわ寄せが学院生の学業にも出ておるのでしょう。冬期休暇がズレることは珍しくありませんが、今回の組織改革による人事異動は、国全体規模ですから……」

「なんてことじゃ……」

おっさんの行ったブートキャンプと、実戦重視のツヴェイトを含むウィースラー派学院生魔導士達が提出した戦術的組織改革案の影響は、一人の老人の楽しみを奪っていた。

魔導士達は配属されては訓練を受け、適切な場所へとまた移動することになるわけで、学院の講師達も入れ替わりが激しく講義がだいぶ遅れることを余儀なくされた。

そのしわ寄せが学院生の授業の進行状況にも表れているのだが、実のところ学院は二週間ほど前に冬期休暇に入っていたりする。

成績上位者であるツヴェイト達はイーサ・ランテにいるわけで、いまだにゴタゴタしている人事異動のせいでその連絡が伝わるのが遅かった。

孫が可愛いクレストンは、その事実に気付き落ち込む。

背中が煤けているのは、クレストンも同じようである。

◇　◇　◇　◇　◇　◇

ゼロスの家に到着したアド。

相変わらず変な進化を遂げたコッコ数匹が武術の鍛錬に勤《いそ》しみ、それ以外のコッコ達は畑の雑草の刈り取り作業、飼い主は何やら庭先でバイクらしきものの組み立ての最中だった。

「ゼロスさん、チ～ッス」

「おろ？　アド君じゃないか……って、なにか元気がないねぇ？　どったの？」

「いやさぁ～、公爵様が呼んでいるらしいんだよ。俺とゼロスさんをさ」

「デルサシス公爵が？　なんだろねぇ、また面倒事のような気がするんだけど……」

「似たようなことをクレストンさんも言ってたぞ……。力はあっても権力には逆らえない俺達」

人を適材適所で動かすデルサシス公爵がゼロスを呼ぶ、その事実だけで厄介事を頼まれる気がしていた。まぁ、報酬がいいので引き受けてもかまわないと思っているが――。

大抵のことは自分で解決してしまうので、ゼロスという駒を使うときはよほどの事態が起きたと判断してもよいだろう。

暇なので別にかまわないのだが、厄介事に発展するのだけは勘弁願いたいところだ。

「今すぐにかい？」

「あぁ……使いの者が来たらしいから、至急の用件なんだろ。ところで、これはエア・ライダーだよな？　あと、バイク？」

ゼロスが組み立てていたのは少々歪《いびつ》な二等辺三角形型で外装が無塗装の【エア・ライダー】と、アメリカンなデザインの二台のバイクだった。

「以前のヤツは廃棄物を流用したものだったけど設計を見直してね。予備車を含めて一から部品を作り直して組み立てていたところさ。バイクの方はすぐに乗れるぞ？」

「エア・ライダーの方は？」

「フレームを軽量化して、ついでに魔力の伝導率を高めてみた。あいにく、ブラックボックスには手をつけられなかったけどね」

「手がつけられたら改造する気だったのか？」

「当然でしょ。できるのにやらないほうがおかしい」

『その考え方の方がおかしい』とアドは思ったが、ゼロスが既存のものを徹底的に改良する癖があることを思い出し、口に出すことを諦めた。

どこまで安全性を考慮しているかは分からないが、必要以上に魔改造されていないことに少し安《あん》堵《ど》する。

「ちなみに、バイクの名称は【バイク・サンダース十三世】さ」

「なんか、派手なシャウトをキメそうな名称だな。事故を起こしそうだ」

「気のせいだよ」

「それ以前に十三台も作ったのかよ。つーか、英語でバイクは自転車のことじゃなかったか？　んで、エア・ライダーの方は？」

「う～ん……【赤い稲妻号】？　いや、【赤い彗星号《すいせいごう》】の方がいいか？」

「赤くねぇし、三倍速いのか？」

「少なくとも音速は出ると思うよ？　エアノズルを改良して、空気圧縮率を最大限に高めているし、可燃性液体燃料も……ゲフン！　フレームや装甲もオリハルコンやミスリルを流用した軽量合金さ！」

「ジェットエンジンだろぉ、危ねぇな！　搭乗者が吹き飛ぶだろ!!」

このエア・ライダーには戦闘機のようなキャノピーは存在していない。

しかもギリギリで二人座れるくらいのシートサイズで、本体も以前よりだいぶコンパクト化されており、仮に音速で飛行すれば間違いなく搭乗者はシートから振り落とされることだろう。

「前から言ってるけど、安全面を考慮しろよ！」

「既存の部品が改造できないのなら、それ以外を強化するしかないじゃないか。君はなにを言っているんだい？」

「あんたこそ、なに言ってんだぁ!?」

「そんなことより、さっさとデルサシス殿のところに行こうか。なにかと忙しい人だからねぇ」

「色々思うところはあるが、話は公爵家の屋敷に着くまでにもできるか。ハァ〜……」

【殲滅者《せんめつしゃ》】のメンバーに常識は通用しない。だが、ファンタジー世界が現実となった今、ゼロスの魔改造癖は頭の痛い問題だ。事故で被害者が出てからでは遅いのだから。

安全基準が著しく低いこの異世界。アドは本気で製品に対する安全法案をデルサシスに提案するべきか、大いに悩むのであった。

◇　◇　◇　◇　◇　◇

安全基準法の重要性を説くアドと、『異世界なんだから、そんな法律関係ないんじゃね？』と屁理屈《へりくつ》を捏《こ》ねるおっさんは、何だかんだと言い合いながらも領主の館《やかた》へと辿《たど》り着いた。

ゼロスとしてもアドの言っていることは分かるが、趣味で製作しているものにそんなことを言われても困る。何よりも使用するのはおっさん本人であり、たとえチート性能であっても使いこなす自信がある。

アドとしても自身の体のチートさは理解しており、多少のことなら傷一つ追うことなく生還できると思っているのだが、こと【殲滅者】の作るものは信用しておらず『絶対、何かしらのヤバいオマケがついているはずだ』と疑っていた。

何しろ【ソード・アンド・ソーサリス】で何度も酷《ひど》い目に遭った記憶があるわけで、意固地なまでに疑い深くさせていた。

この口論は、デルサシスのいる執務室の前に来るまで続いた。

「旦那様、ゼロス様とアド様がお見えになりました」

『ふむ、想定した時間よりも早かったな。まぁ、予想範囲内ではあるが……入りたまえ』

「お二人方、どうぞお入りください」

「『どうも……（予想範囲内？　もしかして、来る時間帯を予測していたのか？）』」

気になる言い回しであったが、仮にも現公爵なので突っ込むことをやめた二人。

会釈しながら部屋に入ると、そこにはどこかの司令官のようにテーブルの上で両手を組むデルサシス公爵の姿があった。

「さて、今回の二人の任務だが……」

「いやいや、いきなりすぎるでしょぉ!?」

「唐突だなぁ、デルサシス公爵……」

何の前触れもなく用件だけ言おうとするデルサシスに、思わず二人は突っ込んでしまった。

「ふむ……君達にはこうした言い方をすると、やる気が沸き立つのではなかったか？」

「逆に面食らいますよ」

「なぜにそんなシチュエーションに思い至ったかは知りませんが、言葉のキャッチボールはしましょうよ。いきなりすぎてかえって当惑しますねぇ」

「そうか……。私としては少し憧れたシーンなのだが、不自然だったようだな。この本のようにはいかないようだ」

少し残念そうなデルサシス。

彼の手元には、どこぞの人型兵器の描かれた漫画があった。

「な、なぜにそんな漫画が……いったいどこで手に入れたんだ？」

「たぶん僕らと同類か、勇者の誰かが描いて販売したんじゃないかなぁ～。しかも無駄に絵が上手《うま》い。その手の業界の経験者かな？」

「これは、我が領内で面倒を起こした者が獄中で描いたものだ。なかなか興味深い内容であったのでな、試しに製本して売ってみたら意外に好調な売れ行きとなった。良い拾いものをしたものだよ、フフフ」

『『パクリじゃねぇか!!』』

獄中ということは、勇者でなく同じ転生者が描いた可能性が高そうだ。

それよりも、デルサシスがゼロス達の知るネタで冗談を言ってきたことの方が驚きだ。

彼はゼロス達が転生者であると知っている数少ない人間の一人だが、まさか入室していきなりこの手の冗談を飛ばしてくるとは思わなかった。

見た目よりもユーモア溢《あふ》れる人物なようである。

「デルサシス殿がその手のネタをやるとは思っていませんでした。どこで覚えてきたんですか……」

「最近、他の領地でも馬鹿な真似をする者が増えてな。特に『奴隷ハーレム』やら『ケモミミハーレム』、『クッ殺さん』がどうとか、正気を疑うようなことを喚《わめ》き散らしている。君達のいた世界は、一体どうなっているのかね……」

「「恥ずかしぃ～っ!!　同類の存在がここまで恥ずかしいものだとは思わなかったぁ～っ!!」」

同郷の者が各地で色々とやらかしているようだった。

チート転生で有頂天になって舞い上がり、エロムラと同じように馬鹿な真似をやらかした者がいるようだ。性の欲望に忠実すぎる。

「まぁ、私としては有能なら性格や性癖をとやかく言う気はない。使えないのであれば擁護する必要はないからな、遠慮なく法で罰すればいいだけだ」

「こわっ!?」

「まぁ、僕も他人がヘマした尻ぬぐいをする気はないですしねぇ、自業自得なら仕方がない。堅実に物事を考えなかったヤツが悪い」

「こっちは冷たい!?」

おっさんはおっさんで、馬鹿をしでかしたヤツを助ける気がなかった。

所詮《しょせん》は他人の自業自得であり、行動には責任が伴うことを考えず好き勝手をした結果に過ぎず、同郷だからという理由だけで助けようとは思わない。

ここで甘やかすと再犯する確率も高く、なによりも学ばずに異世界を生き抜くことなどできるわけがない。馬鹿な真似をしでかすような転生者とは知り合いになりたくなかった。

「僕ら以外の転生者がどこで何をしようが知ったことではありませんが、下手に知り合いになったらつけ込まれそうだからねぇ。ここはきちんと刑期を終えて真人間になってもらいましょう」

「ゼロスさんがまともなのかはともかく、その辺は同感かな。ところでデルサシス公爵、話はズレたが俺達に何の用があるんですか？　厄介事ですか？」

「それなのだが、調査依頼を二人に出したい。最近、国境付近で不審な遺体が見つかり、その調査が難航している」

「そういうのは各領地の警務を預かる方々の仕事では？　僕達を呼ぶ理由としては少し弱いと思いますがねぇ」

「とりあえず、この報告書を読んでみてくれないかね。そのうえで意見が欲しい」

手渡された紙には、現時点の調査内容が書かれていた。

それによると第一の被害者は盗賊で、その姿はミイラのように干からびていたらしい。

遺体発見場所には武器も落ちており抗戦した形跡が見られたが、仮に魔物に襲われていたのであれば死骸や血痕が残されているはずなのに、それすら見つからない。

遺体は体の水分――血液だけが綺麗《きれい》に抜き取られた状態という、不自然なものだった。

「……不審死か？　しかしミイラのように干からびるって……これ」

「う～ん……ドレインタッチかな？　けど、ここまで干からびさせることができる魔物って、いたっけかなぁ～？　【ハイ・ウィザード】の【リッチ】なら強力なドレイン効果の特殊能力を持っているから分かるけど、アレはダンジョン特有の魔物だしねぇ」

「俺的には、ドレインタッチだけでここに書かれているほどの効果があるのかが疑問だ。ドレインタッチって基本的に魔力を奪うもんだしな」

「そこが引っかかるんだよねぇ。ミイラ化……ねぇ」

ゼロス達のモンスター知識は【ソード・アンド・ソーサリス】のもので、現実にエナジードレインを行う魔物に襲われた被害者がどのような死に方をするのか、そこまでは分からなかった。

何しろ、死ねばマイナスペナルティを受けセーブ地点で復活するのだから、実際の被害者がどのような姿になるかなど分かるはずもない。それこそミイラ化などは定番であるのだが、ゲームと異世界の現実の違いは確かめてみなければ分からないのだ。

「ヴァンパイアはどうだ？　エナジードレインなら噛《か》みついて血液ごと魔力を吸収するから、条件に当てはまると思うんだが」

「どうだろねぇ～？　というか、吸血鬼なんて魔物はこの世界に来てから聞いたこともないなぁ。傭兵《ようへい》ギルドの討伐依頼にもなかった気がする。この報告書だと首筋に傷はないようだし……」

「ふむ……魔物に関して多少なりとも心当たりがあるようであるな。やはり君達を呼んで正解だった」

「「あっ……」」

ここに来て大きな過ちを犯したことに気付く二人。

デルサシスはあくまでも被害者の死に方から意見を求めただけであり、特定の魔物名までは求めていない。盗賊の殺害方法が何であれ、現状打破できる情報を得られるだけでよかったのだ。

だが、ゼロス達は未確定とはいえいたずらにモンスターの名前を挙げてしまった。

つまり、その手の魔物と戦ったことがあると証言したも同然である。

これでますます厄介事から引きづらくなった。

「このような姿にする魔物は初めてのことでな、特定できずに頭を悩ませておったのだよ。いやいや、ここはぜひとも二人の力を借りたいところであるな」

『『は、嵌《は》められた……。元から断りづらかったけど、これで逃げられない』』

デルサシス公爵は転生者や異世界人といった目で二人を見ているわけではなく、使える人材か否かで物事を判断し、そのうえで上手く誘導し手駒として利用しようとする。

断りづらいために、ゼロスとしては正直手強《てごわ》い相手であった。

「まぁ、いいですけどね。これは原因を特定したうえでの討伐も含めた調査依頼ですか？」

「うむ。原因が判明し、排除できるのであればやってもらいたいな。それなりの報酬は約束しよう」

「俺、世話になってる手前、選択権がないよな？　まぁ、給料が出るならやるけどさ」

「なんなら、夫婦二人で暮らせる物件も用意しようではないか。格安で私の手元にある物件から相応《ふさわ》しい家を進呈しよう」

「やりますぜ、ボス！　必ずこの依頼を成功させてみせます！」

デルサシスからの提案を聞き、速攻で依頼を受けてしまうアド。

ゼロスとしては交渉を交えながら慎重に判断したかったのだが、目算が崩れてしまった。

また、不測の事態も考えられ、さすがにアド一人にだけ依頼を受けさせるわけにもいかない。

下手をすれば同郷の女性陣に睨《にら》まれる。

『こりゃぁ～デルサシス公爵の作戦勝ちだな。アド君の要望を知ったうえで話を持ってきたんだろうねぇ。隙《すき》すら見せないとは、マジで手強いわ』

こうなるとおっさんも腹を括《くく》るしかなかった。

「では、この依頼書に署名をしてくれたまえ。あと、被害者の遺体を調べることも考えられるので、砦《とりで》への入場許可証も用意した。では二人とも健闘を祈る」

「そのノリ、まだ続けるんスね……」

「意外とお茶目な人だったか。上司に欲しかったなぁ～、こんな人……」

こうして二人は調査依頼を受けた。

何がいるかも分からない状態であり、しかも手掛かりは盗賊の遺体しかない。

ゲームのようなヒントがあるはずもなく、この捜査の難易度はかなり高いものとなるだろう。

ゼロス達は帰宅するなり旅支度を始めるのであった。

◇　◇　◇　◇　◇　◇

「えっ？　温泉……ですか？」

母親に呼び出され執務室を訪れたクリスティン・ド・エルウェルは、あまりに唐突な話に戸惑いの声を上げた。

「そう。最近、あなたは無理をしているようなので、しばらくは鍛錬や勉強から離れてもらいます。要は息抜きですね」

「ですが、お母様……僕――私は領主として、一刻も早く相応《ふさわ》しい実力を……」

「それで体を壊されては元も子もありません！　イザート達も気を使ってくれていますが、仮にも跡継ぎという立場のあなたが体調管理を怠ってどうするのです」

「うっ……」

「それにね、クリスティン……。目標に向かって努力をするのは間違いではありませんが、あなたが近いうちに倒れるのではと、皆が不安になっています」

「お母様……」

クリスティンは領主になるための努力を続けていた。

夜遅くまで本を読み続け、昼は剣の腕を磨くべく鍛錬に打ち込み、他にも礼儀作法や最近になって扱えるようになった魔法の修練など、休む暇がないほどだ。

領民の生活を守るために命を落とした父親の背中に一歩でも追いつこうと、彼女のやる気が高まっていたことが原因なのだが、努力と無茶は違うのだとマルグリットは諭す。

クリスティンも最近ゆっくり休んだ記憶はなく、知らず知らずのうちに暴走状態となり、周囲に心配させてしまっていたのだと、あらためて気付かされた。

「あなたは確かに領主になることになってしまいましたが、婿を取れば夫を支える立場になるのですよ？　今から無駄にガチムチになられても困ります」

「ガチムチ……お母様はどこからそんな言葉を？　いえ、僕はそんなに筋肉質ではありません！」

「でも、このままではそうなる可能性もあるわよね？　母は心配です……最近では浴場で下着を無造作に放り投げて、湯船に飛び込むようになってしまって……。女性としての嗜《たしな》みはどこへ消えたの……。母は悲スィ……」

「そ、それは……。というか、それと温泉旅行に行くのは関係がないのでは……」

たまに礼儀などを捨て去り、品のない真似をするのが最近のクリスティンの密《ひそ》かな楽しみだった。

だが貴族としてはいささかどうかと思う。

それでも普段は貴族らしく振る舞うようにしているので、少しのことくらいは目を瞑《つぶ》ってくれてもよさそうなのにと、心の中で呟いた。

しかし母親に目の前で言われると、さすがに羞恥心で顔が赤く染まる。

「これも……あの人に先立たれて重荷を背負わせてしまったせいなのね。ヨヨヨヨォ～」

「お母様、ワザとらしいです。分かりましたぁ、行きますよ！　休息を入れればいいんですね！」

「えぇ、ゆっくり休養をとればいいのです。まったく、手間をかけさせるんだから、この子は……」

「僕が悪いの!?　ねぇ、この流れは僕が悪いの!?」

「あと、言葉遣いが私から僕に戻っているわよ？　まだまだね」

「だから、どこからそんな言葉遣いを覚えてくるんですか……」

普段は淑女なのに、時折クリスティンで遊ぶマルグリット。

女手一つで領主としての仕事を続けている彼女は、クリスティンをからかってはストレス解消と親子のスキンシップを図るのだ。一石二鳥だがからかわれるほうは困惑するだけである。

「ちなみにネタはこの本よ？　【野球なプリンス】と【スーパー・ブラザーズ】」

「最初のはともかく、もう一つはなんか怪しくないですか？」

「あの人も見た目は痩せ型だったけど、脱いだら凄かったから……。筋肉、いいわよね♡　あっ、でも娘がガチでムチになるのはちょっと……」

「だから、私はそんなに筋肉質にはなりません！」

「頭から怪光線は無理でも、目からビームくらいはできないかしら？」

「お母様!?」

時々母が分からなくなるクリスティンだった。

娘に何を求めているのやら……。

「あと、温泉にはあなたを含めて三人で行ってもらいます。イザートとサーガス様ですが、これは宿泊券で宿泊できる人数が決められているからです。期限切れ間近であることと、予算的に他の者をつけるには無理があるからですね。……交通費とか」

「えっ？　イザートはともかく、サーガス先生とですか？」

「なにぶんご高齢ですからね、たまにはゆっくりと骨休めをしたいそうなのですよ。最近は腰痛が酷いとか」

「さっき、騎士達と一緒に格闘訓練をしていましたが……？　うん、それは休養が必要ですね。睨まないでください、お母様……怖いです。それで、いつから温泉旅行に行くんですか？」

「三日後です。たまたま騎士の中に福引きで無料宿泊券を当てた者がいたのですが、所用で行けなくなったそうなので、その宿泊券をイザートに頼んで快く都合してもらいました」

「僕にはその『快く』という言葉が信じられないんですけど……。絶対に無茶したでしょ」

エルウェル子爵家の所領地は小さいが、森から希少な薬草などが採れるのでそれなりの収入を得ているが、税収を使って旅行に行く無駄な予算などない。

温泉の宿泊券をどうやって手に入れられたかを考えると、元の所有者を体格の良い強面《こわもて》の騎士達が取り囲み、頭を下げて無理に頼み込み手に入れる光景がクリスティンの脳裏に浮かぶ。

騎士達はどこまでも熱血漢で暑苦しく、気はいいが口が悪い連中が多いのだ。そんな彼等が正しく頼み込んだとしても、周りには脅迫しているようにしか映らない。

「………どう考えても、犯罪現場の光景にしか見えない」

「ちゃんとお金は支払いましたよ？」

「……かなり脅したんじゃないですか？　三日後って急すぎるじゃないですか！」

「そ、そんなことはありません。えぇ、ありませんとも」

「なら、ちゃんと顔を向けて話してください。それと、なぜ二回も言うんですか？」

娘の教育には厳しいマルグリッドだが、それ以上に親馬鹿であった。

普段は毅然《きぜん》とした態度を崩すことはないが、母娘二人きりになればこのように羽目を外すこともある。そんなときほど行きすぎた行動を取ってしまうのだ。

「脅してないから！　本当よ？　ママを信じて……」

「ハァ～……どちらにしても、僕は休暇を取らなければならないわけですよね？　お母様のせいで尊い犠牲者を出してしまいましたし、誰かは知りませんが、その人の犠牲を無駄にするわけにはいきません」

「凄く……人聞きの悪い言い方ね。誰も殺していないのに……」

「確かに最近は詰め込みすぎていたと思いますし、心配をかけたのも事実。ここは皆さんの好意に甘えるとしましょう」

自分は恵まれていると思いながら、家族というべき人達の優しさに甘えることを決める。

それだけ自分が無理をしているように見えていたのだから、心から謝りたいとも思う。

しかし、クリスティンの立場では自分から謝ることはできない。

貴族としての立場はなにかと面倒であった。

「皆にお土産を用意しないといけませんね」

「あっ、ママはね、【ルーズベリーのワイン】がいいわ。リサグルの村の辺りは名産地なのよ。以前は聖法神国から遠回りで経由して商人が来ていたから、値段が凄いことになっていたのよねぇ～」

「今は町ですよ？　じゃぁ、皆にワインを一本ずつ贈りましょう」

ルーズベリーは冬に実るブドウのような植物だ。秋に花が咲き、花弁が散った後に半円形の房をつける。実の一つはブルーベリーを想像するといいだろう。

そのまま食べても酸味のある甘さがあって美味《おい》しいのだが、ワインにすることで極上品質の酒となるのである。ついでに【リキュール・ポーション】の素材としても使える優れもの。

低ランクのものなら庶民でも手頃な値段で購入でき、貧乏魔導士や錬金術師も欲しがる一品だ。

「結構な値段がするのではないですか？」

「多少品質が落ちるものでもいいのよ。それでもあの美味しさは、ワイン好きには堪《たま》らないものですしね」

「僕はお酒に弱いから分からないけど……」

「お酒の味が分からないなんて、クリスティンはまだまだお子ちゃまね。嗜《たしな》むだけでも味くらいは分かるようにならないと、社交界で辛《つら》いわよ？」

「……お母様のお土産は別に要《い》らないよね。屋敷にいる皆の分を優先させることにして、どうやってその数を持ってこようかな？」

「えっ、うそぉ!?　冗談よね？　本気じゃないわよね？」

マルグリットは酒好きで、それもワインに関しては目がなかった。

そんな彼女は娘の機嫌を取ろうとすがりつき、必死に懇願している。

この時点で立場が見事に逆転していた。

「おぉ～い、話はついたかのぅ。そろそろ講義の時間なのじゃがな」

「あっ、サーガス先生」

微笑《ほほえ》ましい母娘の対話中、ドアをノックして巨漢の老魔導士が部屋を訪れた。

そこでサーガスが見たものは、お世辞にも貴族としての威厳があるようには見えない姿だった。

「ふむ、まだ揉《も》めておったのか？　じゃが、休暇を取るのは確定事項なので、クリスティンに選択権はないぞ？」

「いえ、その件は話がつきました。今は屋敷の皆さんに買ってくるお土産を、どうやって運ぶか迷っているところです。お母様の分は抜きですが……」

「いやぁ～～っ、そんなつれないことは言わないでぇ!!　お願いだから、ワインを買ってきてぇ～っ！　クリスティンはママのことが嫌いなの？　嫌いになっちゃったのぉ!?」

たかがワインのために必死になって懇願する彼女の姿は、普段の当主としての厳格さを微塵《みじん》も感じさせなかった。

涙目でなんとか娘を説得しようとしている様は、あまりにも情けない。

これではただの飲兵衛《のんべえ》だ。

「……それなら、昔ダンジョンで手に入れたアイテムバッグがあるぞ？　見た目よりも量が入るから、荷物の運搬は問題ない」

「あっ、それなら大丈夫ですね。これで安心して皆にお土産を買ってこられます。お母様の分以外は……」

「うそぉ、本気なの!?　お願いだから嘘《うそ》だと言ってぇ〜〜〜っ！」

マルグリットの懇願は、一切無視され続けた。

この日から二日間で旅行の準備を済ませたクリスティンは、その翌日の早朝にサーガス老と護衛騎士のイザートを伴い、馬車でアルトム皇国領のリサグルの町へと出立した。

『本当にワインを買ってきてね？　お願いだからぁ〜〜っ!!』という涙声で叫ぶ母に見送られながら……。

その姿を仕事を始めるところだった領民達に見られ、クリスティンは本気で恥ずかしかった。

第五話　ツヴェイト、遅まきながら休暇に入りました

「はぁあっ!?　温泉ですか？　ジャーネさんと？」

旅支度をしている最中、唐突にイリス達からとんでもない話を振られ、おっさんは間抜けな声を上げた。

目の前には『いい考えだ』と言わんばかりにドヤ顔のイリスと、うんうんと頷《うなず》きながら満面の笑みを浮かべるレナ。そして顔を真っ赤に染めながらも睨《にら》んでいるジャーネの姿があった。

そんな彼女達の後ろには邪神ちゃんが空中で漂っている。

先ほどアルフィアを紹介したときに、ジャーネ達も最初は驚いたが、原因がおっさんだと知ると妙に納得された。

余計なことを聞かれなかったことに喜ぶべきか、変な認識を持たれていることを悲しむべきか、ゼロスとしては複雑なところである。

「ふむ………それ、もしかして婚前旅行かな?」

「「うん、そう」」

「ち、違うからな!? たまたま福引きで二名限りの温泉宿泊券が当たっただけだぁ!!」

イリス達は肯定するがジャーネは全否定。

ちょっぴり悲しかったりする。

「残念ながら、デルサシス公爵から依頼を受けましてね。詳しい内容までは言えませんが、少しこの街から出ることになります。期日も未定ですしねぇ」

「あちゃ～、ジャーネさん残念。二人きりでラブラブイチャコラしながら、仲良く混浴ができるかもしれなかったのに」

「べ、別にそんなことをしたかったわけではないからな!? たまたま福引きで当たっただけだ!」

「そんなに力一杯否定しなくても……。依頼がなければ二人きりでしっぽりぬっぽり温泉旅行もよかったんだけどねぇ、実に残念無念」

心底残念そうに言うおっさんの言葉に対し、ジャーネの顔は茹で蛸《ゆだこ》のよう赤く染め上がり、陸に上がった魚の如く口をパクパクしていた。

そんな彼女の姿に内心で『ニヤリ』と笑うゼロス。Sである。

「僕じゃなく、ルーセリスさんとでは？」

「私は、以前に有給休暇を使っていますから、休日以外にはしばらく休暇を取ることはできないんですよ」

「なるほど……。まぁ、女性二人の旅行なんて物騒で危ないですしねぇ。レナさんは……」

「私は、女同士で温泉に行くつもりはないわよ？　可愛《かわい》いｂｏｙがいるならともかくだけど。そんなわけでイリスと行くしかないわね」

「まぁ、イリスさんとなら安全か。並の傭兵《ようへい》なんかより強いし……」

「おじさん、何気に依怙贔屓《えこひいき》してない？　ハァ～、ジョニー君達にはあとで謝っておこう」

この時点で、ジョニー達の付き添いで訓練に行くことはできなくなったイリス。

「ちょうど傭兵ギルドで、イカレタ馬車がハイスピードで客運びをしていますよ？　たぶん一日あればお隣の国に着くと思う。僕は二度と乗りたくないけどね☆（キラリ）」

「「アレには絶対に乗りたくない！」」

イリスとジャーネが声を揃《そろ》えて叫んだ。

どうやら彼女達も、ゼロスの知らないところで【ハイスピード・ジョナサン】の馬車に乗り、酷《ひど》い目に遭ったようだ。

「なんなら【魔導式モートルキャリッジ】を貸そうか？　リミッターを外さなければそんなにスピードも出ないし、何よりシートはふかふか。乗り心地は馬車と比べるまでもない」

「いやいや、おじさん！　私達は免許持ってないよ!?　無免許は法律違反……」

「免許？　イリスさん……君はなにを言っているんだい？　この国にはまだそんな制度はないんだけど」

「……あっ。でも、いいのかなぁ～？」

「盗んだバイクで走り出すお年頃が、いったい何を言っているのかねぇ。裏街道に多少踏み込むのも勉強ですよ。若者が街道を馬で爆走する時代なのに……免許？　何それ、美味《おい》しいのかい？」

「大人のくせに、若者を悪の道に引き込もうとしてるぅ!?」

法律で規制されていないことをいいことに、強引に【魔導式モートルキャリッジ】を押しつけるおっさん。

無論、何も悪の道に引き込もうとしているだけではない。

元より【魔導式モートルキャリッジ】は安全性を重視して作られた車なだけに、一般人が運転した際の意見を聞きたいという実験的な意味もある。言ってみれば販売前の試乗会だ。

だが、それこそが最も重要なことであるはずなのに、後出しするかのようにヘラヘラと冗談の如く用件を言うので、イリスやジャーネには取って付けたような誤魔化しにしか聞こえない。

大事なことの前に他者をからかうあたり、ゼロスはなかなか良い性格をしていた。

「まぁ、そんなわけで、しばらく僕とアド君は留守にしますが……アルフィアさんは大丈夫ですかね？」

「む？　待て、それでは我の食事は誰が作るのだ？」

暇を持て余し空中をふよふよと漂っていたアルフィアは、突然話を振られたことで慌てた。

ゼロスがいなくては、唯一の楽しみである食事がしばらくお預けになるのだ。

別に食事を摂《と》らなくても死ぬことはないのだが、それだとゼロスが戻ってくるまで脳内にダウンロードしたゲームで暇を潰《つぶ》すしかない。

だが、この手のゲームはすぐに攻略してしまい、あとは無駄に時間を過ごすことになる。

「お金は置いていきますから、無駄遣いせず計画的な生活をしてくださいよ。食費を払えばルーセリスさん達が夕食を作ってくれますから」

「ぬぅ……我はハンバーグがいいのじゃ。しかし、話の限りではいつ戻るか分からぬのじゃろ？ なら、我も少し早いが動くべきかもしれぬ……」

「何か予定が？」

「少し各地を歩き回り、愚か者を捕まえることができればよいのぅ。少しでも枷《かせ》を解いておけば有利になるのじゃ」

「加減はしてほしいなぁ～。下手をすればこの世界が滅びかねない」

「そんな無茶をする気はないが、クレーターができるくらいは許容範囲内じゃろ」

「まぁ、それならいいか」

想定被害規模に対する二人の認識がおかしかった。

おっさんの常識に対する認識が人以外のものに変化しているのかもしれない。

翌朝、ゼロスとアドはサントールの街を出立した。

◇　◇　◇　◇　◇　◇　◇

イストール魔法学院から遅れること二週間。

ようやくイーサ・ランテ組も冬期休暇に入った。

学院の休暇も大幅にズレており、暦の上ではもう春。

もはや冬期休暇ではなく春期休暇と言ったほうが正しいだろう。

何にしても、セレスティーナ達も無事に休暇を迎えられたわけである。

そんな彼女達だったが、帰る前に温泉に行こうということになり、傭兵ギルドの運行馬車を借りてリサグルの町へ行くことになった。

要は地上を満喫したかったのだ。

何しろイーサ・ランテは地下都市だ。太陽の光はなく、青々と生い茂った草原もない。

岩盤を支える都市中央の巨大な支柱にある搬入口から地上にも行けるが、手強《てごわ》い魔物が生態系を確立しているので命の危険がある。やることといえば魔導具の調査ばかりなので、地上が恋しくなるのも無理もなかろう。

同じことを考えるのはセレスティーナばかりではなく、他の学院生達もリサグルの温泉町を目指し、傭兵ギルドの運行馬車に乗り込んだ。

「うっわ、雪が積もってる。あの誰も踏んでいない雪に体ごとダイブしてみたい」

馬車の上で今にも雪の上を走り出しそうに騒ぐのは、期待に胸を膨らませるオオカミ少女、獣人のウルナであった。

「そ、それはちょっと……。体が濡《ぬ》れたら凍死するかもしれません。まぁ、イーサ・ランテの街は気温が管理されていましたが、地下街道は地熱で熱かったですからね。ダイブしたくなる気持ちは分かります」

「ウルナ様はなかなかに命知らずですね」

ドワーフ達が作り上げたイルマナス地下街道を抜けると、そこは雪国だった。

アルトム皇国は国土のほとんどが山岳地帯であり、標高の高い険しい山脈が聳《そび》え立っている。

冬になると豪雪地帯となり、山脈を越えた南側にあるソリステア魔法王国は滅多に雪が降ることはない。更に南の海側地域では雪など珍しい。

山脈越えをした雪雲は、ソリステア魔法王国側に流れてくる頃には既に力尽き、南側にある大海からの暖かい風が雪を雨にしてしまう。

アルトム皇国より更に北にあるイサラス王国も雪国である。

行商人はイルマナス地下街道に辿《たど》り着くまで、過酷な大自然と戦い続けなくてはならない。

そのため冬場は馬ではなく、【コモス】と呼ばれる小型のマンモスのような生物に馬車を引かせ商人達は行き来していた。無論、セレスティーナ達が乗る馬車もコモスが引いている。

イサラス王国とアルトム皇国の行商人は、荷運びのため馬とコモスの両方を飼育しているのである。

「犬は、雪が降ると喜んで庭先を走り回ると聞きますが、獣人も同じなのかしら？　わたくし、気になりますわ」

「キャロスティー様、それはいささかウルナ様に失礼ではないかと……」

「普段が失礼なミスカが言っても、説得力が……」

「お嬢様……口は災いのもとですよ？」

ミスカの眼鏡があやしい光を放っている。

逃げ場がない状況下で焦るセレスティーナ。

「温泉は美容にいいと聞きますが、リサグルの町の温泉はどうなのでしょう？」

「さぁ？　私は存じませんが、疲れを癒《いや》せるのであればいいのでは？　キャロスティー様は知識欲が旺盛ですね」

「成分分析をしてみたいですね。【鑑定】スキルが欲しいところです」

「あっ、雪原オオカミだ。こんなところにもいるんだ。狩ってみたい」

そんな乙女達の戯れを後方から窺《うかが》う者達がいる。

「……楽しそうだね」

「そうだな。まぁ、大きめの馬車が借りられなかったのだから仕方ねぇだろ」

セレスティーナ達が乗る馬車の後方には、ツヴェイト達が借りた傭兵ギルドの馬車が続く。

ディーオの目は、前の馬車の少女達が『キャッキャウフフ』する微笑《ほほえ》ましい光景を捉えており、彼はそこに混ざりたいようであった。

「そういえば同志よ、アンズちゃんはいないのか？　一応あの子も護衛のはずだろ？」

「いるぞ？　セレスティーナの護衛をしているはずだが……」

「どこにって……。あっ、いた…………」

周囲の木々にすら雪が降り積もり、全てを白一色に染め上げている世界の中、忍者少女は木々の合間を雪一つ落とさず疾走していた。

それはまさに疾風《はやて》の如し。

忍《しのび》の卓越した技量で、とんでもない速さで木々の中を動き回り、時折見えない場所で赤い雨を降らせ、白い雪を深紅に染め上げていた。

どうやら魔物を仕留めているようである。

「アンズちゃん、凄《すげ》ぇな。あんなに動き回りながら的確に魔物を倒してんぞ……」

「つーか、エロムラは何してんだ？　お前も先行して邪魔者を排除するべきなんじゃないか？」

「いや、俺は雪の中で動き回るのは無理だから！　装備の重さだけでも埋まるからね!?　見ての通り重装備の戦士職だから!!」

エロムラは必死で弁解していた。

彼の職業は【ブレイブ・ナイト】。騎士とつくだけに彼の装備は重装甲で、降り積もった雪の上や沼地などの戦闘では能力が激しく落ちる。基本的に重装備で防御を固め、カウンターで相手を倒す戦法を得意としており、雪山などでの局地戦闘は苦手な部類に入るのだ。

【ソード・アンド・ソーサリス】でなら地形効果など無視できたが、現実ではその影響をもろに受けてしまう。結局は馬車の中で警戒に当たるしかない。

「……仮にも護衛だろ？　こんなときを想定して、必要な装備を揃えておくもんじゃないのか？」

「装備一式を揃えるにも金が掛かるんだよぉ!!　確かに給料は貰《もら》っているけど、安物しか買うことができないんだ。中古品という手もあるが、見た限りでは防御面や耐久面で心許《こころもと》ない」

「一応、考えてはいたんだな……」

「同志ぃ――っ!?　お前、俺が不真面目だと思ってたのか？　こう見えて仕事はちゃんとこなすぞ」

「すまん……お前の普段の態度がアレだったから、つい……」

どれだけ真面目に仕事をこなそうとも、エロムラの普段の態度を見た限りではお世辞にも真面目とは言いがたい。むしろ遊んでいるようにすら見える。

しかし、普段がどれだけチャランポランに見えても彼は転生者の一人だ。実力の面においてはこの世界でもトップクラスに入るだろう。

わずかな殺気にも反応し、小さな物音一つで臨戦態勢になることができる。索敵範囲も常人より広い。

だが普段の残念な行動からは、とても凄腕《すごうで》の実力者には見えないのだ。

「俺、泣いてもいいよな？　いや、ここは泣くべきだろ」

「そこは普段の行動をあらためろよ。とても凄腕には見えねぇんだよなぁ～、いつも女子の尻ばかり見てるし……」

「失礼な！　俺は胸もしっかり見ているぞ、ついでに顔も……」

「その最低な行動を取るから女にモテねぇんじゃないのか？　偉そうに威張れることじゃないだろ！　自重しろよ」

「俺は自分の心に正直に生きているだけだ。欲望の赴くままに信念を貫き通す覚悟がある！　そしていつかはボインのエルフにパフパフしてもらうんだぁ!!」

清々《すがすが》しいほどに馬鹿だった。

そして、熱く夢を叫ぶ姿は別の意味で無駄に男らしかった。

一本筋が通ったエロは、もはやただのエロとは言わない。

格調高くこう言わせてもらおう。

変態と……。

「……おい、それは褒められたもんじゃねぇだろ。ディーオ、お前からも何か言って……ってディーオ？」

「ん？　セレスティーナさんはいつ見ても天使だけど？　あぁ……この想いをどうすれば伝えられるのか……」

「駄目だ、こりゃ。完全に一人の世界に入り込んでいる」

ツヴェイトとしては、さっさと告白して玉砕でも何でもされてほしいところだ。

だが、肝心なところで思い切った行動に出られないディーオ。そのくせセレスティーナに近づこうとする男には嫉妬する。

「なぁ、ディーオ……。お前、まさかとは思うがセレスティーナに近づこうとする男共を、裏で闇討ちしていないよな？」

「……………」

「なんとか言えよぉ、殺っていないよな!?　犯罪に手を染めていないよなぁ!?」

「そんなわけないじゃないか……。やだなぁ～、俺はそこまで非常識な真似はしないよ……たぶん」

「たぶんって言ったぞ!?　それから目を合わせて言えよ！　なんで視線を逸《そ》らそうとしてんだぁ!!」

襟を掴《つか》みディーオを揺さぶるツヴェイトだが、彼はそれ以上なにも言わない。

敵ではないが味方でもないツヴェイトの態度に、当てにできないと知ったからであろう。

中立は時として信用をなくすものだ。

「同志よ……お前の親友は人の道から外れているかもしれんぞ。ここだけの話だが……学院にいたとき、同志の言う通りのことが本当に起こっていたと聞いた。なんでも、路地裏で襲撃に遭ったヤツが何人かいたらしい」

ツヴェイトは諦めたようにディーオから手を離し、エロムラに向き直る。

「エロムラ……その情報はもっと先に教えてほしかった」

「いや、俺も彼女の人気についてはいささか気になっていたんだが、ミスカさんに指示を仰いだら『お嬢様の精神成長のため、しばらく黙って見ていてください。異性からの好意に気付けないようでは、まだまだお子様ですから』と口止めされた。あれは絶対に面白がっているぜ？」

「……ミスカ」

「まぁ、ミスカさんだし、あの人の言っていることにも一理あるから従ったけど」

エロムラにまで裏から手を回すミスカ。

彼女が何を企《たくら》んでいるのかが分からない。

「いいじゃないか！　俺等の間では、セレスティーナさんは競争率が高いんだよ。平凡な俺じゃ、絶対見向きもされないんだ……。だからライバルは少ないほうが……」

「俺等って、複数形!?　エロムラ、俺は交友関係を見直す時期が来たのではないかと思うんだが」

「そうだな。さすがに闇討ちはやりすぎだと思う。潔く告《こく》って散ればいいんだ。俺でもさすがに引くわぁ～………」

ツヴェイトはともかく、普段から阿呆《あほう》な言動の多いエロムラすらドン引きした。

「(俺は……セレスティーナさんに…………縛られ、むしろ……しばかれ、たい…)」

「「ディーオッ!?　今、ボソッと変なことを言わなかったか!?」」

とんでもないカミングアウトをしたディーオは、それ以降一言も発しなかった。

ただ、何かを妄想しているのか、時折不気味な笑みを浮かべたりしている。

「ツヴェイトォ～、休憩はまだかぁ～！」

「馬車は尻が痛くなる。少し休ませてくれぇ～！」

「どうでもいいが、なんでアイツらまで来るんだ？」

「さぁ？」

ツヴェイト達の馬車の後ろをウィースラー派の学院生達を乗せた馬車がついてきていた。

彼らも過酷な日々から解放され、休暇を楽しみたいと少ない小遣いを全員で寄せ集め、強引にツヴェイト達に便乗してきたのだ。

自由となったためか、彼等が何か問題を起こさないか心配でツヴェイトは胃が痛かった。

そんな彼等の乗る馬車の幌《ほろ》の上で、いつの間にか戻ってきていたアンズが次の商売で売る予定の女性下着を縫っていた。

彼女だけは心配事もなく実に平和そうである。

◇　◇　◇　◇　◇　◇

エルウェル子爵家の馬車は、魔導ランプの明かりが照らされた地下街道を進んでいた。

最初は物珍しさから辺りを眺めていたクリスティンだが、ここであることに気付く。

「先生、どうすればこうも早く工事が進むのでしょうか？　地下の工事は礫石《れきせき》などを外に搬送するのにも、だいぶ人手を必要とするはずですが？」

「ふむ、おそらくは地下街道の必要のない箇所を礫石で埋めたのじゃろぅな。魔物が生息している箇所に捨てることで生息圏を減らすことができ一石二鳥じゃ。あとは最近売り出された新魔法を取り入れたことで、作業効率が上がったのも要因の一つであるな」

老魔導士のサーガス・セフォンは、好々爺《こうこうや》のような笑みを浮かべ質問に答えた。

しかし、彼の体格はお世辞にも魔導士には見えず、筋肉質の逞《たくま》しい巨体は馬車のなかではいささか狭い。むしろ窮屈だ。

護衛のイザートが馬車の御者と共に外におり、地下街道に入る前までは寒空のなか大変申し訳ないとクリスティンは思っていたが、今はトンネルに入ったことで気温が上がったのか、既にマントを脱いでいた。むしろ暑そうに見える。

「凄《すご》いですね。工事技術の革命じゃないですか」

「短期間でよくぞここまで整備できたものじゃて。おかげでメーティス聖法神国を迂回《うかい》せずに隣国へ行ける」

そこには行動のおかしいどこかの工務店の活躍があるわけだが、現場の事情など二人が知る由もない。この整備を行うために、多くの職人が阿鼻叫喚《あびきょうかん》の地獄へと突き落とされていたことも……。

知らないということは時に幸せなことである。

「最近は【ガイア・コントロール】や【ロック・フォーミング】などの実用性のある魔法を、ドワーフ達も使いだしおった。クレストンのヤツは手広く商売をしているようじゃな」

「【煉獄《れんごく》の魔導士】、クレストン元公爵ですか？　確か、独自の派閥をお持ちと聞いたことがあります」

「うむ。王族直下の特殊な派閥じゃ。実用性のある魔導士の運用を主とし、技術の向上や発展に役立つ魔法の研究や開発を目的としておる。最近だと回復魔法の販売を手がけるなど、なかなかに知名度が上がってきているとの話じゃぞ？」

「凄いですね」

「どうかのぉ～、儂《わし》には裏があるとしか思えん……。各国の魔導士が共同で回復魔法を開発したじゃと？　ありえん。国に仕える魔導士なぞ、地位に固執した愚か者ばかりじゃ。有用な魔法が開発されれば裏で奪うことを躊躇《ためら》わん。まして回復魔法じゃぞ？　儂なら誰にも話すことなく隠匿《いんとく》しておるわい」

各地を旅したサーガスであるからこそ、宮仕えの魔導士の愚かさをよく理解している。

どこの国の連中も傲慢《ごうまん》で、市井にいる魔導士を上から目線で卑下していた。しかも実戦という面では全く役に立たない未熟者である。

そんな連中が魔法を共同開発するなどサーガスには到底信じられなかった。

まして回復魔法は、隣国のメーティス聖法神国が神聖魔法として独占しており、それを大々的に各国が公表したところを見ても、国の首脳陣が裏取引しているとしか思えない。

「そういえば、以前にクリスティンから聞いた魔導士の話も気になるのぅ」

「以前？　あぁ、ゼロスさんのことですね」

「うむ。そなたに魔法を授けた者……。ここ最近、ソリステア派の魔法に関する発展のめざましさは、裏でその者が糸を引いておるからではないか？」

「表に出ない凄い魔導士がいるというのですか？　まぁ、ゼロスさんなら考えられますけど……」

クリスティンの記憶に残る非常識な魔導士。

アーハンの鉱山ダンジョンにて、クリスティンはトラップに引っかかり最下層まで落ちた。

その時に単身で最下層まで下り、破壊の限りを尽くした一人の魔導士。

あれほどの力を持ちながら、今まで彼の名を聞いたことは一度もない。放浪の魔導士なのか、あるいはかなり地位の高い貴族が情報を隠蔽《いんぺい》している可能性も考えられた。

話を聞いた限りでは、並の魔導士ではないとサーガスも思っている。

何しろ魔導錬成や広範囲殲滅《せんめつ》魔法など、常識を尽《ことごと》く粉砕する規格外なのだ。

現ソリステア公爵家当主であるなら、情報の操作など苦もなくやってのけるだろう。噂《うわさ》のやり手公爵家が放置するとは考えられなかった。

「クレストンのヤツに聞いてみるかな。答えぬときは拳で……」

「えっ!?　こ、拳でって、元とはいえ公爵様ですよ!?」

「なに、ヤツと儂との間に煩《わずら》わしい階級など存在せん。多少遠慮なく殴り合えば、他言無用の警告をしたうえで素直に教えてくれるじゃろ」

「なんで、そんなバイオレンスな展開に持ち込むんですかぁ!?　下手をしたら僕の家が潰されちゃいますよ！」

「そのあたりは大丈夫じゃろ。儂も迷惑をかける気はないし、向こうも勝手に察してくれる。心配はいらん」

サーガスとクレストンの関係は、拳で語り合うほど深いらしい。

仲が良いのか悪いのかは微妙だが、少なくとも互いに認め合っているようではある。

それでも、地位もないただの魔導士と公爵家のご隠居とでは立場が違う。

間違っても自分のいる前で殴り合いにならないことを祈るクリスティンだった。

「男同士の友情じゃよ」

「……友情で殴り合うんですか？　僕には分かりませんよ」

「娘には分からんじゃろうなぁ、互いに言いたいことを言い合える友というのは貴重じゃぞ？　クリスティンにも良き友ができるといいのじゃがな……」

「拳で語り合う友人はちょっと……」

クリスティンは男女の違いで友情の形が違うと学ぶ。

「お話し中にすみません。お嬢様……警戒しつつ後方を見てください」

「イザート、なにかありましたか？」

「なんと言いますか、見れば分かります」

「？」

もうすぐ地下都市イーサ・ランテの街門に到着といったところで、馬車の御者台にいたイザートが小窓を開け、困惑した表情で声を掛けてきた。

言われた通りにクリスティンも窓から後方を覗《のぞ》き込むと、そこには不可思議なものが急速に接近してきていた。

「なんじゃ、アレは……」

「馬車……ではありませんね。魔導具の類《たぐい》でしょうか？」

それは馬車と思《おぼ》しきものだが、よく見ると馬車を引く馬の姿が見当たらない。

しかも四頭引きの馬車よりも速度があり、次第にこちらへと急接近してきていた。

「まさか、ソリステア公爵が最近公表した……」

「イザート、知っているのですか？」

「噂程度ですが、ソリステア派が開発した乗り物型の魔導具だったかと。ただ、まだ販売はされていませんが……」

「ほぅ……そんなものが販売される前に動いておると？　となると、アレを動かしておるのは公爵家に近しい者か、あるいは開発者本人かのぅ」

噂の魔導具が近づいてくるにつれ、搭乗者は二人いることが見て取れた。

一人は赤髪の女性で、運転をしているのはクリスティンと同年代のツインテール少女だった。

かなりの速さだが、なぜかフラフラと蛇行している。

「ジャーネさん、離れてぇ～っ!!　危ないからぁ、ふひゃぁ!?」

「下ろせぇ～～っ!!　速い、怖い、きぼじわる……うっぷ!?」

「いやあああああぁぁぁっ!?　吐かないでぇ、それに抱きつかれていると運転がぁ～～っ!!」

騒がしい声と共に、馬なし馬車が横を通り過ぎていった。

「アレは……危険なのでは………」

「乗っていた二人に見覚えが……」

「面白いものを作ったものよ。ぜひ分解してみたいのぉ～」

事故を起こしかねないほどの蛇行をしつつも、前方の馬車を避けながら魔導式モートルキャリッ

ジはトンネルの奥へと消えていった。対向の馬車がいなかったことが救いである。

ほどなくしてクリスティン達もイーサ・ランテに到着したが、この地下都市はあくまでも通過地点に過ぎず、先の長さに溜息《ためいき》を漏らすのだった。

第六話、シャランラと亡霊達の動向

リサグルの町。

かつてはわずかばかりの鉱脈を採掘するため、鉱山労働者によって作られた小さな村であったが、結局、鉱物の採掘量は微々たるもので空振りに終わり、寂れる寸前であった。

名産は冬場の稼ぎとして始めた【ルーズベリーのワイン】しかなく、生産数が少ないため収益にすらならない。

そんなリサグルの町も、イルマナス地下街道が開通すれば宿場町として少しは活気が出るだろうと思われていたのだが、温泉が湧き出たことで嬉《うれ》しい誤算が生じる。

元々期待されていた交易商人の立ち寄り需要はもちろん、温泉目的の観光客が多数訪れるようになったことで、一大温泉地として大きく飛躍を遂げることとなった。

そんな状況を受け、アルトム皇国やソリステア魔法王国も進んで支援を開始。区画整理や拡張工事、宿泊施設の建設といった工事ラッシュが現在も続いており、住民の懐《ふところ》は以前では考えられないほど潤い、どこかの工務店の職人達も別の意味で笑いが止まらない。

「なんか、故郷にこんな郷《さと》があった気がする………」

「随分と賑《にぎ》わってるな。情報だと、貧しい鉱山の村だったという話だが……オェ」

三角屋根が特徴的な建物を見て、どこかの有名観光地を思い浮かべるイリス。

一方のジャーネは、絶賛乗り物酔いに苦しんでいた。

「護衛依頼が終わったら、すぐにサントールに戻ったからね。まさかこんな町に発展しているなんて……。まぁ、あの非常識な工務店ならありえるのかな？」

「……それより、早く宿に……。死にそうだ……」

「ガッカリだよ、ジャーネさん……」

アルトム皇国は地球でいうところの東洋系大陸文化に近いのだが、どちらかと言えば中華風に近い。しかし、目の前に広がる町並みは純日本風に見える。

無駄な装飾が一切なく、イリスに懐かしさを思い起こさせたが、連れの状態がそういった感傷を見事にぶち壊していた。

『直線でだいたい時速六十キロ、カーブでは速度を落としても三十キロくらいだったのに、ここまで酔うんだぁ～……』

車はこの世界では新しい技術である。

未知なる存在と言っても過言ではなく、それ故にこの世界の民には耐性がない。

ましてジャーネは、ゼロスのバイクに牽引《けんいん》されたリヤカーに乗った際も酔ったのだ。

時速六十キロの体感速度は彼女にとって恐怖を覚える速度であり、酔いが回ってイリスに抱きつき、更に運転が荒くなる。そしてエンドレス。

結果はグロッキー……イリスもよくここまで運転してこられたものである。

『レーシングゲームをやっていて正解だったなぁ～、本気で危なかったよ……。ありがとう、マ〇オ。バナナの皮や碧《みどり》の甲羅を避けるテクが役に立ったよ』

赤い帽子を被《かぶ》った謎の配管工に心から感謝するイリス。

「ん？　マ・ン・ジ・ュ・ウって、聞いたことのない菓子だ……うっぷ！」

「饅頭《まんじゅう》？　小麦を練った皮の中に、小豆を砂糖で煮た餡《あん》なんかを包んで蒸したものだよ。でも、今食べたら絶対吐くから諦めてね」

「うぅ……イリスが冷たい。アタシをこんな体にしたクセに……」

「なんか、人聞きの悪い言い方をされてるぅ!?　あやしい関係と思われるからやめてよぉ!?」

『レナさんの影響を受けてる!?』と、この時イリスは思った。

「ところで、どこの宿に泊まるの？」

「あぁ……ウェ。空いている宿ならどこにでも泊まれる……はずだ……。どこでもいいから早く宿を選んで……くれ……」

普段の頼り甲斐《がい》のある姿が、今は見る影もない。それほどジャーネは乗り物に弱かった。

『身体強化をすれば瞬間的にあのスピードを出せるはずなのに、おかしいよね？』

瞬間的にだが魔法で身体強化して魔物を狩っているときも、魔導式モートルキャリッジと同等の速さが出ているはずなのに……と、車酔いしたジャーネを不思議そうに眺めるイリスであった。

とはいえ、考えても仕方がないので、とりあえず近場の宿に入ることにする。

車酔いのせいで残念美人と化したジャーネを支えながら……。

◇　◇　◇　◇　◇　◇　◇

「ふぅ～……。本当に、いいお湯ですね」

「そうですわねぇ～……」

「あはははははは！」

「ウルナ様、湯船で泳ぐのはマナー違反ですよ？」

「ん……他のお客に迷惑」

イーサ・ランテの街からリサグルの町へ到着していたセレスティーナ達は、予約していた一番大きい宿に荷物を置いて、すぐに浴場へと向かった。

そして現在、露天風呂に浸《つ》かってまったりと日頃の疲れを癒《いや》している。

露天風呂から見る雪景色は、一見の価値がある美しさだった。

「こうしてお湯に浸かると、旅の疲れが癒されますね……（チラ）」

「雪景色を眺めながらお風呂に入る。なんて贅沢《ぜいたく》なのかしら。わたくし、このまま泊まり続けたいですわ（チラチラ）」

「お嬢様、キャロスティー様、他人のスタイルを眺めていても無意味ですよ？　さて、温泉の効能ですが、神経痛、冷え性、皮膚病、その他諸々《もろもろ》……そして美肌。この美肌効果が一番女性には嬉しいですが、お嬢様……胸を大きくする効果がなくて残念でしたね」

「えぇ～？　胸なんてあっても邪魔じゃん。皆、なんで羨《うらや》ましがるかな？　武器を振るうのに体が重いのは問題だよ？」

「……人は、自分にないものを求める。心から求めるものを他人が否定する権利はない」

温かいお湯に肩まで浸かっていたアンズだが、その瞳は冷めていた。

何しろ二人が自分の胸を凝視してくるので、落ち着いて温泉を楽しむ気分になれず不機嫌なのだ。

セレスティーナとキャロスティーの視線は露天風呂の外に広がる大自然ではなく、スタイルの良い女性客達の胸を追いかけてしまうようで、コンプレックスを刺激されてやまない。

嫌でも他人の裸が目に入ってしまうのだ。そして自然の残酷さを理解させられる。

そう、世界は平等ではないのだと。

「……なんか、胸の大きい女性が多くありませんこと？」

「多いですね……。これは、私達への嫌がらせでしょうか？」

「なんか、二人の目が怖いよ」

野生の勘からか、ウルナが二人の放つ気配に怯《おび》えた。

「ないものを持つ存在は、求める者にとっては羨望《せんぼう》の象徴。それは得てして嫉妬に変わり、やがて殺意へと発展する。この温泉宿は殺人事件の舞台になるかも？」

「な、なりません！　いくら私達でも、胸の大きさで殺人事件は起こしませんよ。アンズさん……」

「わたくし達を何だと思っていますの？　無差別殺人を犯すほど、嫉妬深くありませんわ。それくらいの分別はあります！」

だがアンズは、二人から淀《よど》んだ気が放出されているのが見えていた。

殺意はなくとも二人に激しいまでの羨望の念があるのはモロバレである。

「そんなに焦らなくとも、お二方には未来がありますよ？　焦らず毎日マッサージをすればいいのではないでしょうか？　まぁ、私には必要ありませんが」

「ぐぬぬ……持つ者の余裕ですわね。でもミスカさんの言うことも一理ありますわ……。わたくしの母は胸も大きいですし、いずれは魅力的なバストに育つ可能性も」

「私としたことが、つい恥ずかしい真似を……。まだ十四歳ですし、将来的には大きくなる可能性がありますね……」

「(お嬢様はどうですかね……)」

「……………………えっ？」

凄《すご》く気になることをボソリと呟《つぶや》いたミスカ。

聞こえるかどうか分からないその細やかな一言を、美への執念からか、あるいはただの偶然なのか分からないが、セレスティーナは聞き逃さなかった。

「ミ、ミスカ……？　今の言葉はどういう……」

「何のことでしょうか？」

「誤魔化さないでください。今、私の胸は絶望的だというような言葉を……」

「聞こえてしまいましたか。それは、お嬢様の母上は、その……胸が少々慎《つつ》ましい方でしたので、その娘であるお嬢様がナイスバディになるとはとても……」

「可哀想《かわいそう》な人を見る目で、私を見ないでください！」

「では、やめます。お嬢様は将来的に無理ですね」

「だからって、断言しないで!?　凄くドヤ顔で絶望的な宣告をしないでください！」

凄くいい笑顔のミスカさん。

「申し訳ありません。根が正直なので、思わず真実を告げてしまいました。お嬢様の母上は貧乳ではありませんでしたが、さほど大きいわけでもありませんでしたね」

「大きくもなく、小さくもない……平均値、ですか？」

「そして、クールで真面目な文学少女であった私を、今のように変貌させた張本人です」

「とんでもないことをカミングアウト!?　じょ、冗談ですよね？　いつもの茶目っ気ですよね？」

「いえ、真実ですが？」

セレスティーナの視界が真っ白に染まった。

のんびりと疲れを癒す場が、極寒の氷原に変わった瞬間だった。

「あれ？　ミスカさんって、セレスティーナ様のお母さんと知り合いだったの？」

「同級生で友人ですよ。まぁ、出会った当初にいきなり懐《なつ》かれて、しばらく追いかけ回されましたが……。トイレの仕切りを乗り越えてくるほどの懐かれようには、私も音を上げましたよ。しつこく追い回され、暗闇の中『オ・ト・モ・ダ・チ・ニ・ナ・リ・マ・ショ・ウ』と背後に回り込まれて囁《ささ》かれたときは、さすがに怖かったですね」

「セレスティーナさんのお母様って……そんな人だったんですの？」

「今の私を作りだした元凶ですね。そして私は亡き友人の忘れ形見に、母君がどんな人であったかを直接教えているのです。あぁ、なんて美しい友情でしょうか」

「随分と個性的な方でしたのね……」

衝撃的な真実を更に伝えられ、セレスティーナの思考は停止した。

幼き頃にクレストンから聞いた母親の印象は、『物静かで、例えるなら【ホワイトリリスの花】(百合《ゆり》に似た植物)のような女性』だったが、ミスカの話が本当なら真逆のぶっ飛んだ性格ということになる。

クレストンの話を信じたいところだが、困ったことにミスカはこういうときほど嘘《うそ》は吐《つ》かない。

「……………嘘、ですよね?」

「いえ、極めて限りなく、まごうことなきマジな話です」

「嘘だと言ってください、ミスカ!」

「あの旦那様ですら振り回した人ですよ? まともな性格なわけがないじゃないですか。お二人とも肉食系でしたので夜は激しかったという話を、それはもう聞きたくもないのに何度も聞かされました。うんざりするほど嬉しそうに……」

「…………」

ぷしゅぅ~と煙を立てながら、セレスティーナの意識は完全にショートした。

もはや誰の声も届かない。

「ミスカさん、その話はどこまでが真実ですの? いつもの冗談はどれだけ混ぜているのですか?」

「全部真実ですが? まぁ、明るい表情の裏側で酷《ひど》い境遇に苦しんでもいました。ミレーナはどこか儚《はかな》げでしたし……」

遠い日の記憶を思い出すミスカの目は、どこか悲しげな愁いを秘めていた。

「そっか、ミスカさんはセレスティーナ様のお母さん代わりなんだね」

「お嬢様には内緒ですよ？　多くの者達がお嬢様の幸せを願っています。ですが、その事情を知られるわけにはいきませんから」

「どうしてですの？　セレスティーナさんの立場なら、死に別れた母親の話を知りたいはずですわ」

「詳しい事情など知らないほうがよいのですよ、キャロスティー様……。それが実の母であるミレーナの願いでしたから」

セレスティーナの母親は生前、血統魔法である【未来予知】を持っていた。

この魔法は代償として自身の命を縮めてしまう禁呪であったが、もはやこの魔法を使える者はこの世に存在しない。

しかし、血統魔法は血族に受け継がれる魔法であり、この事実を欲深い者達が知るところにでもなれば、セレスティーナを攫《さら》おうと考える輩《やから》も出ることだろう。

たとえ本人がこの魔法を使えずとも子孫に発現する可能性は充分に考えられ、ソリステア公爵家としてはどんな手を使ってでも闇に葬り去らねばならない、最重要秘匿事項となっていた。

当時関わった者達がこの件について語ることはない。

実の娘であるセレスティーナに対してであっても……。

「ところで、セレスティーナ様をどうやって運ぶの？」

「「あっ……」」

セレスティーナは現在、思考停止で硬直中。放心状態で誰の声も届かない状態だった。

結局セレスティーナは、脱衣所で皆に着替えさせられた後、担架で部屋まで運ばれた。

幸いと言っていいのか分からないが温泉でのぼせた者が多くいるらしく、誰にもおかしいとは思われなかった。

ただ、ショックを受けた彼女の精神が心配である。

「ん……あと一時間はイケる」

そんな騒ぎをよそに、アンズだけは温泉を満喫していた。

彼女は長風呂で熱いお湯が好きなようである。

◇　◇　◇　◇　◇　◇

浴場に来ているのは何もセレスティーナ達だけではない。

ツヴェイト達もまた適当な宿にチェックインし、荷物を置いてすぐに浴場へと向かった。

同じく運行馬車でやってきた他の学院生達も思い思いに宿を探していることだろう。

「フン！　ムン！　オリャ！」

「エロムラ、見苦しいから鏡の前でポーズを取るのはやめろよ」

「何を言う！　温泉の洗い場に来て鏡を見たら、まずこれをやるのがマナーだろ。気合いを入れて満喫するんだ」

「いや、そんなマナー、俺は知らねぇよ」

鏡の前でダブルバイセプスをキメているエロムラに呆《あき》れながら、ツヴェイトは粗めのタオルで体を洗っていた。

「知らないなら覚えておくといい。男なら誰しも、自分の肉体を鏡の前で曝《さら》したくなるものだということを。うん、前より筋肉がついてきたな」

「それより、鏡に見苦しいものがブラブラと映っているんだが、それをなんとかしてくれねぇか？見たくねぇし夢でうなされそうだ」

「紳士の嗜《たしな》みだ」

「……変態のか？」

エロムラ君は股間の紳士を隠す気はないようだ。

筋肉もついてきたらしいが、変態の度合いも高くなってきていた。

「同志、俺達は温泉に来たんだぞ。なんでそこまで冷めている！」

「俺はゆっくり堪能するタイプだ。それよりも前を隠せ！」

「断る！　温泉だぞ？　全てが開放的になる癒しの空間だぞ？　さらけ出さなければ嘘だろ」

「だから、俺の前でブラブラさせんな！」

「熱くなれよ、お前もさぁ！　魂を解放して大自然の空気を全身に感じようぜぇ!!」

「ゆっくり疲れを癒させろよ！　近い、股間の獰猛《どうもう》な凶器をこれ以上近づけるなぁ!!」

「俺の紳士が凶器だとぉ!?」

温泉に来て全ての倫理観をキャストオフしたエロムラは、なぜかツヴェイトも巻き込もうと熱く迫る。

傍目《はため》にはあぶない光景であった。

「ディーオ、お前もこの馬鹿になんとか言ってくれ！」

「ツヴェイト……あの仕切り邪魔だと思わないか？　もし、あの先にセレスティーナさんがいたとしたら……。クッ、エロムラみたいなヤツが覗《のぞ》くかもしれん」

「いやな……向こうは女湯なんだからいてもおかしくないだろ？　混浴にしたらお前がもたんし」

「創世記の時代には男女は裸で暮らしていたんだよ？　なんで人は全てを隠そうとするようになったのだろうか？　愛し合う者同士なんだから、一緒に裸で入ってもいいじゃないか……」

「どうして、いつの間にかアイツと両想いの関係になってんだ？　そもそも、お前は名前すら覚えられていないだろ。覚えられても、しばらくしたら忘れられてるし……。都合のいい幻想を見ていると破滅するぞ？」

「グハッ……」

ディーオは血を吐いて湯船の底へ沈んだ。

真実とは時として鋭利な刃物よりも凶器となる。

「同志……酷い」

「どこがだ？　たわけた幻想に溺れているヤツに、現実を教えてやっただけだぞ？」

「いや、気持ちは分かるが、ここはバリケードに包んで、もっと、こう……優しく」

「バリ……過保護に甘やかせと？　こういうことは、立派なストーカーになる前に厳しく現実を教えておくべきだろ」

ストーカーは他人の言葉を聞こうとはしない。

一方的な恋慕の情を相手に押しつけ、勝手に盛り上がっては自滅する傍《はた》迷惑な存在である。

手遅れのような気もするが親友が闇堕《お》ちするのだけは防ぎたかった。

余談だが、エロムラはオブラートとバリケードを間違えていた。

「同志……何かお前、ディーオのお父さんみたいだぞ？」

「やめてくれ、俺が実の父親だったらディーオをとっくに勘当している。友人だから忠告しているだけだ。両想いにすらなっていないのに、なんで舞い上がってんだ？　下手をすると食事を一緒にしただけで結婚を了承したと思い込むぞ。まさかとは思うが……」

「ゲハッ！　グフォォ!!」

ディーオ、再びショックで吐血。

「どうやら、当たりのようだった……。マジかよ」

「なんであそこまで思い込みが激しくなってんだ。愛だなんだと戯言《ざれごと》を繰り返す前に、さっさと告白でもして玉砕すればいいのによ。人に頼りきっている時点で説得力がない。妄想を膨らませている暇があるなら、さっさと決断すりゃあいいじゃねぇか」

「ゲボラァ!!」

なにかと暴走気味のディーオに、ツヴェイトはうんざり気味のご様子。

忠告する言葉もどこか刺々《とげとげ》しい。そしてそれが情け容赦なくディーオの心にグサグサと刺さる。

「容赦ねぇな」

「もはやディーオに生ぬるい言葉は無意味。ここは師匠のように、情け容赦なくビシバシ行くべきだと判断した。人の道から外れるよかマシだろ？」

「まぁ、ここで親友の言葉すら無視するようになったら、マジで犯罪者の仲間入りを果たしそうだしな。最終的にはディーオ自身の問題だが……」

「どうでもいいが、お前はいい加減に俺の前から股間の凶器をどかせ。もしくは隠せよ、見苦しい！」

いまだにエロムラ君の局部はフリーダムだった。

そんな二人の先では、現実を突きつけられたディーオが浴槽に浮かび、しくしくと泣いている。

冷たい現実を思い出したようである。

「さて、それじゃ俺も温泉を堪能するか。訓練がキツかったからな……」

「騎士と合同の訓練はそんなにキツいのか？」

「まぁな。騎士……特に貴族は民を守るのが責務だ。弱ければ何も守れず奪われ、国土や領地が蹂《じゅう》躙《りん》される。それを防ぐためにも訓練をするのは当然。戦いは戦略と戦術が大事だが、何よりも強靭《きょうじん》な肉体が重要だしな」

「同志は公爵家だからな、その責務は部隊長よりも遥《はる》かに重いだろ。やっぱり仮想敵国はお隣のでかい宗教国か？」

「あぁ……。あの国はなにかと圧力をかけてくるから、一番攻めてくる可能性が高い。歴史的に見てもあれこれといちゃもんをふっかけては、不条理な大義名分を立てて侵略を繰り返してきた。危険視するのは当然だろ」

「将来はやっぱり軍に入るのか？」

「それが義務だからな。一時的に爵位は取り上げられるが、これは軍の階級で上下関係や役割を円滑にするためだ。爵位を笠に無能に威張り散らされたら、国が滅ぶ」

「それ、軍国主義って言わね？」

「王制国家は軍国主義だろ」

浴槽に浮かぶディーオを無視し、小難しい話をしながら二人は温泉に身を委ねた。

お湯の熱さに思わず『アァ〜……』という声が漏れる。

「温泉か……自然を見ながら風呂に入るのもなかなかいいもんだな」

「爺臭《じじ》いぞ、同志」

「最近は生傷が増えたからなぁ〜。騎士隊長は容赦なく打ち込んでくるし、蹴りや目潰《めつぶ》しも平気で使ってきやがった」

「そりゃぁ、戦闘に正々堂々なんてありえないわな。乱戦になれば、それこそ形振《なりふ》りかまわずエグイ手段を使うだろ」

「綺麗《きれい》な戦いなんて、ただの幻想だ。大将格の一騎打ちは別として、それ以外では敵を殺すために様々な手段が行使される。厳しい訓練は実力をつけるのと同時に、痛みに対する耐性をつけるためのものだな。少し怪我しただけで戦えなくなるのは、戦場で死ぬのと同じことだしよ」

「同志……痛みに対する耐性をつけるなら、いい手があるぞ」

「……なんだよ」

「SM」

「ざけんな！」

困ったことに、エロムラはふざけたわけではなかった。

本気で痛覚耐性をつけるためにSMを推奨しているのである。

そして、ごくわずかではあるが騎士の中に、そっち方面で訓練をする者もいたりするのを、若き公爵家の御曹司は知らない。

確かに効果はあるのだが、兵士がMに目覚めるのは騎士団の中で問題になっていた。

知らないということは本当に幸せなことである。

◇　◇　◇　◇　◇　◇

およそ人が踏み入ることのない鬱蒼《うっそう》とした森の奥にて、数人の男達が焚《た》き火の前で暖をとっていた。

彼等は脛《すね》に傷のある者達――所謂《いわゆる》盗賊の部類に入る犯罪者達である。

「この国まで逃げてくりゃぁ、奴等は手を出せねぇだろうさ」

「勇者ってのはしつけぇよな。仲間がだいぶ減らされちまった……」

「妙な正義感を振り回しやがって、ムカつく奴等だ！」

彼等は札付き集団で、元々はメーティス聖法神国で商人や村々を襲い金品や女性を強奪・誘拐していたのだが、神聖騎士団を率いる勇者によって壊滅状況に追い込まれ、ソリステア魔法王国へと流れてきた。

犯罪者達にとっては運が悪かったと見るべきであろう。

「まぁ、いいさ。今度はソリステアで稼がせてもらうぜ」

「最近はだいぶ金回りがいいという話だからな。俺達もたっぷりおこぼれに与《あず》かろうぜ」

「違ぇねぇ、金と女は天下の回りものだからな。ウヒャヒャヒャヒャ♪」

逃亡生活の緊張から解放されて、よほど気が抜けていたのであろう。

安心感が警戒を疎《おろそ》かにし、周囲を見張ることも忘れ酒を飲み、これからまた欲望の赴くまま好き勝手に暴れられるであろうと高揚していた。捕らぬ狸《たぬき》の皮算用とも言えるが、そんな会話がより警戒を怠らせたのだろう。

彼等は犯罪者で、戦闘を想定しローテーションを組んで警戒を行えるほど鍛えられた戦士ではないのだ。武器は使えても所詮《しょせん》は素人の集まりで、猟師ほど周囲の危険に対して過敏ではない。

だからこそ見逃していた。自分達の周りに黒い霧が迫っていたことに……。

そして、異変はすぐに起こった。

「おい、どうした？」

今まで馬鹿みたいに騒いでいた仲間の一人が、急に何も言わなくなった。

酔いが回った目をこらしてよく見ると、その男は首を上に向け口を開けたまま白目を剥《む》いて苦しんでいた。

彼の口からは黒い霧が漏れ出し、腹部が何らかの力によって内側から不気味に蠢《うごめ》いている。声が出せないのか、仲間達に助けを求めるべく腕だけが動く。

「ひ、ひぃっ!?」

「アァン？　どうしたよ、飲みすぎで漏らしやがったのか？」

「待て、コイツ……様子がおかしいぞ!?」

苦しいのか男は救いを求め何度も仲間に手を伸ばすが、その様子があまりにも不気味なため誰も近づこうとはしない。

そもそも彼等に他者を助けるような仲間意識などないのだ。

そうしている間にも男は苦しみ、まるで体の水分が抜き出されているかのように干からびていく。

「な、なんだよ……。何なんだよぉ、これはっ！」

訳が分からかった。

酒の酔いによるものなら、さっさと醒《さ》めてほしいと誰もが思う。

しかし、これは現実であった。

男の体から血の匂いが混じった黒い霧が吹き出し、周囲にいる盗賊達に襲いかかる。

「……!?」

「…………!!」

盗賊達はそのまま叫び声すら上げることもなく、無残なミイラと化した。


『……なんとか、体ができてきたな。意識や言動もはっきりしてきたし』

『見たところ悪党のようだし、こいつらは殺しても問題はないわよね』

『むしろ儂《わし》達は良いことをした』

『待ってなさい……聡《さとし》ィイイイイイィィィィィィイイッ！』

『婆《ばあ》さんや、飯はまだかい？』

『爺《じい》さんの姿が見えんのぉ～、キャリーさんや、爺さんはどこじゃ？』

『知らねぇよぉ!!』

黒い霧の中に無数の顔が浮かび上がる。

老弱男女問わず様々な人種の顔が霧の中に鮮明に現れ、そのどれもが一つの目的に向かって動き出していた。いや、微妙な者もいるが、そのほとんどが共通の思いを持っている。

それは四神への復讐《ふくしゅう》。

召喚されてすぐに邪神の攻撃で消滅した者。あるいは権威の拡大のために利用され最後に殺された者。また余計なことを知ってしまったがために闇に葬られた者。

全てが異界から召喚された魂達であり、四神への憎悪と復讐心から協力して群体と化していた。

彼等は輪廻《りんね》の輪の中へと帰ることができず、今もなおこの世界に留《とど》まっている被害者なのだ。そして長い刻の中で復讐すべき相手を観察していた。

そして、ついに復讐するための新たな肉体を手に入れた。

いや、肉体は手に入れたが、まだ安定したわけではない。


『まだ不安定だな……。これでは浄化魔法ですぐに消されるぞ』

『そうね……。中途半端な実体化だし、完全な肉体を得るにはまだまだ足りないわ』

『所詮は灰だし、この体自体が脆弱《ぜいじゃく》……』

『そう思うなら出ていきなさいよ！　これは私の体なのよぉ!?』

『俺達がいなけりゃ、ただの遺灰だろ。アンタも既に死んでんだよ』

『婆さんよぉ～、飯はまだかい？　腹減っただよぉ～』

『アタシの入れ歯はどこかのぉ～？』

『なんで認知症のご老人が混ざっているのかしら？』

彼等の本質は群霊と呼ばれるモンスターだ。

だが、彼等一人一人の魂に刻まれた勇者としての力を繋《つな》ぎ合わせることで、霊体でありながらも実態を攻撃できる術《すべ》を手に入れた。

しかし、それでも今の体は不安定だ。

今の体は【大迫《おおさこ》　麗美《れみ》】――この世界ではシャランラと呼ばれた女性の遺灰で構築されている。元が灰なだけに耐久力がなく、中途半端な実体化は必要以上に魔力を消耗する。魂達にとってはこの消耗はかなり痛い弱点だった。

それ故に他の生物から魔力や血肉を補填《ほてん》する必要がある。


『どこかで本格的に肉体を乗っ取るほうがいいよな？』

『この世界の生物だと相性が悪いわよね？』

『たぶん、俺達が異物だからじゃないのか？　異常変質した生物なら相性がいいかもしれないが……いや、同類の魂が足りないのかもしれん。力不足か？』

『爺さんよぉ～～～～～～～っ、うぃ！』

『婆さんよぉ～～～～～～～っ、うぃ！』

『『『『五月蠅《うるさ》いよ、爺さん婆さんズ!!』』』』

『ひょっとしてこの二人、夫婦なんじゃやね？』


この問題ある肉体のままでは、四神に復讐するなど夢のまた夢である。

故に完全な肉体を得るべく、魂達は再び相性の良い肉体を求め動き出した。

第七話　クロイサスの暴かれた罪

街道を北西に向け高速で走る車体。

地球では【軽ワゴン】と呼ばれているおよそファンタジー世界に不釣り合いな存在が、商人達のキャラバンを避けつつ、大いに目立ちながらも走り抜けていく。

それに乗るのはゼロスとアドの凸凹《でこぼこ》コンビ。

「……意外に乗り心地がいいねぇ、この軽ワゴン」

「最低限必要なものしか搭載してない半端モンだけどな。エアコンも付いてないし」

「いやいや、この世界では充分すぎるでしょ。なんでコレをイサラス王国で販売しなかったんだい?」

「兵器に改良される気がしたんだよ。イサラス王国の戦争推進派は、何かにつけて武器になりそうなモンを要求してきてさぁ～。例えば敵を一網打尽に殲滅《せんめつ》できる魔法式の爆弾とか……」

「魔導士一人に無茶な注文を……。まぁ、アド君ならできるだろうけど、そんな連中に車の技術は拙《まず》いねぇ。馬車よりも速く部隊を展開できる機動力は、この世界で充分に脅威になるから、少数部隊でもさぞ戦術の幅が広がるだろうなぁ～」

車という存在は軍事的な面でもかなり重宝されることは想像に難《かた》くない。

兵力や物資の搬送、作戦地域への迅速な部隊展開。剣と魔法の世界においても、兵力を相手より先に運べるだけで大きなアドバンテージになる。

それこそ騎馬隊など機動力を生かした先陣の部隊に対し、待ち伏せや即時撤退なども行えるだろう。

量産型の魔導式モートルキャリッジは動力をソリステア魔法王国で製造するので、イサラス王国ができることは金属フレームなどの部品を工場で量産するだけだった。

外装は馬車と同じく木製なので、動力部の設計技術が盗まれなければ改良されることもない。

完成品を分解されて技術が奪われることも考慮し、特殊な工具を用いて手順通りに解体しなければ、内蔵された魔封石が魔法式によって自壊するよう細工を施してある。

アドから聞いた情報をもとに、血の気の多い連中を黙らせる小細工をする必要があったからだが、逆にソリステア魔法王国が軍事拡大する恐れも秘めていた。

だが、一般人のゼロスにとってそれは関係ないことで、『面倒事は偉い人が決めればいいや』と開き直り、事実デルサシス公爵に丸投げした。

「例えば味方歩兵に敵騎馬隊が強襲しようとしているとして、偵察部隊が敵より早く情報を持ち帰ることができれば、先に槍《やり》兵を展開させて出鼻を挫《くじ》けるねぇ」

「まぁ、その話だと、部隊を一気に動かして敵の目を攪乱《かくらん》させることもできるな。逆に潰《つぶ》そうと思った部隊が、既にその場から移動しているなんて戦法もとれるわけだ」

この異世界において騎馬隊は花形職であり、機動力を利用したランスチャージは戦場で武功を挙げやすい。騎士を目指す者なら誰もが憧れ、騎馬隊に志願するほどだ。

特に名誉を重んじる貴族出身者などが、こうした目立つ部隊に多かった。

足の遅い重装騎士は基本打撃部隊になるのだが、いかんせん部隊展開も遅く、何よりも基本装備が両手槍やメイスなどの重武器や鈍器であり、乱戦になれば消耗が激しい。

大まかに戦術を語るのであれば、傭兵《ようへい》などを含めた軽装備の部隊が足止めし、左右から騎馬隊で敵陣を左右から挟撃。混戦したところを重装騎士で蹴散らすのが基本である。

まぁ、それ以外にも兵力数や戦場の状況に合わせた部隊配置もあるので、戦略的な用兵術は著しく複雑化するのだが……。

大部隊ともなれば綿密な連絡手段の構築が重要になる。戦場の動きに神経をとがらせ、状況に応じて各部隊に早めに命令を伝え、絶えず戦場を変化させることで自軍に有利な状況へ導く。

兵力の数と装備、将の質と戦略がものを言う世界だ。ゼロス達の存在はこのセオリーを破壊し、効率的に敵を蹴散らす機械化部隊を生み出してしまいかねない。

「けどさぁ〜、メーティス聖法神国には火縄銃があるんだよ？　砦《とりで》などに籠城されたら面倒になると思うけどねぇ。平原だと不利だろうし、少数の機動部隊なんて長続きしないだろうさ。あっ、輸送車で突撃かませばいいか！」

「ちょ、ゼロスさん？　今、火縄銃があるって言ったか？　まさか……」

「勇者の誰かが作ったみたいだねぇ。火薬の材料はどこで手に入れたのやら」

「それも作ったんじゃね？」

「アド君も知っているだろ？　硝石って作るのに時間が掛かるんだよ。しかも戦争に使うとなるとそれなりの量も必要だし、地球とでは製造方法が異なる」

硝石は作れる。

錬金術で硝石を作る際、煮込んで出涸《でが》らしとなった薬草に、モンスターの血液を混ぜて発酵させる。他にも方法はあるが、このやり方が一番楽な製造方法だ。

しかしこれだと製造できる量が限られ、とても軍で使う量は確保できない。しかも錬金術師にしかできない工程であるため、メーティス聖法神国が推奨するわけがない。

何しろ錬金術師は魔導士だ。四神教を信奉する彼等はポーションすら否定するわけで、一番簡単な方法すら使えない。

『そうなると、何か別の方法でも発見したのか？　まぁ、僕は錬金術を利用した製造方法しか知らないから、他の手段なんて思いつかんけどね』

地球とでは科学的な法則性が異なるわけで、硝石一つ作るだけでもかなりの研究が必要となる。異世界から召喚した者達の知識などあまり当てにはならないのだ。

「まぁ、火薬を作ってもあまり威力はないからな。魔法をぶっ放したほうがよほど効果的だし」

「弾丸を魔法で撃ち出したほうが安上がりだからねぇ～。僕もそれをやったし」

「あんたも銃を作りやがったのかぁ!?」

「いや、【ガン・ブレード】。アンチマテリアルライフル並みにでかいヤツだけどね。近接戦闘には不向きかなぁ～、取り回しが困難で銃身のバランスが最悪になった。ついでに言うと凄《すご》く重い」

「……使えない」

以前作った【ガン・ブレード】は趣味心の赴くままに製作したのだが、無駄に希少金属が使われており頑丈にはできた。しかし武器としては総重量が致命的な欠陥品だった。

ゼロスのような非常識な存在にしか扱えないうえに、使い勝手も悪く使う場面もそうそうないので、今も物置で寂しく埃《ほこり》を被《かぶ》っていた。

要は物騒なインテリア程度の価値しかなかったのだ。

「そんで、一から別なヤツを作った。44オートマグとデザートイーグル、アド君はどっちがいいかね？」

「他にも作ってんじゃねぇか！　この国を銃社会にする気かぁ!?」

「原点に戻っただけさ。銃は男のロマンだよ。戦艦と戦車、あとレシプロ戦闘機と巨大ロボもね……で？　アド君はどっちがいいかね」

「357マグナムは？」

アドも銃のロマンには勝てなかった。

「チッ、よりにもよってそれを言うか……。パイソンは僕が使おうかと思っていたのに」

「あったのかよ……」

「……あるよ。仕方がない、僕はZB26でも使うかな。いや、アレがいいかも……」

「チェコの軽機関銃じゃねぇか!?　あんた、死の商人にでもなる気かぁ!?」

どちらかと言えばテロリストだ。

幸いといっていいのかは分からないが、所詮《しょせん》は趣味で製作した一点もので、販売を目的とした量産品ではない。こんなものを売りさばけば、軍事面でかなり混乱が起きるであろうことが予想される。

「夜なべしてせっせと作ったのに、君は文句しか言わないねぇ」

「夜なべして作るものが物騒すぎるだろうがっ！　大人しく手袋でも編んでろ！」

「残念だけど編み物は苦手でね。スターエンジンなら作れたけど……」

「ゼロ戦でも作る気かよ……」

趣味だけならばいいのだが、このおっさんは時折暴走することがある。

アドも【ソード・アンド・ソーサリス】で散々ゼロスの暴走に巻き込まれ、酷《ひど》い目に遭った経験を思い出していた。

このおっさんはあくまでも『他の殲滅者《せんめつしゃ》よりはマシ』なだけで、結局のところは他の連中と同類なのだ。目を離すと気付かず技術革命をやりかねない。

現に殲滅者の弟子が、どこぞの平原でケモミミハーレムを作っていたりする。

『このおっさんから目を離しては駄目だ。気まぐれでとんでもない兵器を作りかねん……』

中世の文化レベルの世界に現代兵器が加われば、文明レベルは一気に跳ね上がることになる。しかも戦争になる確率が高い。

特に名誉欲や権力欲が顕著に表れる世界だ。そこに効率よく敵を倒せる兵器を作り出す技術が加われば、今は大人しくしている王侯貴族の野心に火をつけることになるだろう。

クーデターに使われでもしたら目も当てられない。

「アド君、軍はなにかと金が掛かるんだよ。防衛費だって馬鹿にならないし、装備を全て一新するとなると国民に負担がかかる。開発費を考えても、とても民衆の税金だけでどうにかなるとは思えないね。よほどの独裁政権でない限り、君が思っていることにはならないさ。何よりもデルサシス公爵がそれを許すとでも？」

「分かんねぇぞぉ～？　あの人も貴族だし、野心がないとも思えない」

「あの人の性格だと使えるものは使うけど、かなり慎重に事を運ぶだろうねぇ。間違いなく法の改正をした後に、武器の類《たぐい》は民間には出回らないよう厳重に管理するさ」

「……なんでそこまで分かるんだよ」

「新しいものを手にして喜ぶけど、同時に危険性を考えられる人だからだよ。産業の発展のために武器を各地で作らせるより、国直轄の工場を作って厳重に管理するだろう。もちろん技術者の監視もコミでね……」

「敵に回したくねぇな。なんでそんな人が王様じゃないんだ？」

デルサシスが国王なら、ソリステア魔法王国もかなり繁栄することだろう。

しかしながら残念なことに彼は公爵の地位で満足している。裏で何をしているかは分からないが、少なくとも好んで陰で国を支える役目をやっているとゼロスは睨《にら》んでいた。

でなければ非常識なまでの情報網を一代で作れるわけもなく、ついでに多くの商人と取引などできない。情報の重要性を誰よりも知っているからだ。

つまり彼の立場は裏方であり汚れ仕事なのだが、国とはそうした裏方の舵《かじ》取りが何よりも重要となる。『よし、戦争しよう！』とその場の勢いで決めることなどない。

そんなことを思いつつ、ゼロスは車窓から流れる景色をぼんやりと眺めた。

「あっ、アド君……今のところを右に曲がるんだけど」

「マジで!?　うっかりオベリスクを見逃した」

「オベリスク……まぁ、形は似ているけど、ただの道標だぞ？」

「どこかでUターンしないとな……。ところで、なんていう砦に向かってんだっけ？」

「ボンバ砦だね。これで七回ほど道を間違えているけど、まあ方向音痴だからしょうがないか」

「前に……お台場行くのに仙台を経由した。馬刺しが美味《うま》かったなぁ〜……」

「ソレ、青森かな……マジで？　武勇伝だねぇ」

想像以上の方向音痴ぶりに、さすがのゼロスも内心で驚愕《きょうがく》した。

帰りは自分が運転しようと思うほどに……。

◇　◇　◇　◇　◇　◇　◇

「ふぅ……疲れた。もうお尻が痛くて……」

座り続けながら長いあいだ馬車に揺られ、クリスティンは疲れた表情を浮かべていた。

さすがに国外まで出ると、その旅路の距離は恐ろしく長く感じられ、精神的に疲労するものだ。

ようやくリサグルへ到着し馬車を降りてみれば、そこは多くの商人達に溢《あふ》れた賑《にぎ》やかな町。

三角の屋根が特徴の木造建築が立ち並び、そばに掘られた側溝には温水が流れ、温かな湯気が立ち上っている。

この町は冬場なのに、彼女の予想よりも賑わいを見せていた。

「では、私は今夜泊まる宿を探してきます」

「お願い。僕はここで少し体を伸ばしていることにするよ……長旅で疲れた」

「そうですか、それでは私が戻るまでここで待っていてください。くれぐれも一人でどこかへ行かないように」

「あはは、さすがにそんな真似はしないよ。アーハンの村以来過保護だよ？　イザート」

「あんな思いは、もうこりごりですからね。それでは行ってまいります」

なにかと心配性なイザートは、馬車を離れ宿を探しにいった。

彼の背中を見送ってすぐに、馬車の中で居眠りをしていたサーガス老師が降りてくる。

馬車のドアが小さめなのか、長身の老魔導士は少々窮屈げなご様子である。

「よく寝たわい。にしても……ふむ、随分と風情のある町になったのぉ～。以前来たときには寂れた村だったのじゃが……」

「そうなのですか？　以前の村のことは知りませんし、それよりも僕としては早く宿を取って温泉でゆっくりと休みたいですよ。少し疲れましたから……。ところで、この【無料宿泊券】には宿名が書かれていないのですが、どこでも使えるのでしょうか？」

「おそらくそうじゃろぅ。さて、どの宿にするべきかのぉ～」

「今、イザートが宿を探しに行きましたけど……」

既に高齢のサーガスだが、クリスティンよりも足腰はしっかりしていた。

とても老人とは思えないほどで背筋が伸び、疲労の色が見えない。

騎士として鍛練《たんれん》を積んでいる彼女としては少し羨《うらや》ましく思える。湯治が必要か微妙なほどで体力があり余っているように見えた。

そんな老師は何やらシャドーボクシングのようにジャブを打ちまくっている。

風を切る拳が実にいい音を立てていた。

「先生……本当に魔導士なのですか？　とてもご老体が繰り出すパンチとは思えないんですけど

……」

「魔導士にも体力は必要じゃろ。机に齧《かじ》り付いている頭でっかちが実戦で役に立てるとは思えぬのでな、昔から体力作りをして趣味になったのじゃ」

「拳闘士でも通用しそうですよ。魔物も格闘だけで倒せるのではないですか？」

「以前に、グレイベアを殴り倒したことがあったのぉ～。盗賊もこの鍛え抜かれた肉体だけで圧倒したわい」

「予想以上でした……」

この老魔導士は、想像以上に武闘派だった。

クリスティンは、サーガスの放浪生活がどのようなものかを初めて聞いた。熊型の魔物を素手で倒せるほどの豪傑だったと知り絶句する。

そんなご老体の自負は、『知を求めるのであれば、まずは健全な肉体と魂を鍛えるべし』である。むしろ肉体改造がメインになっているとさえ思える。

そうこうしている間に、先ほど宿を探しに離れたイザートが戻ってきた。

「お嬢様、そこの角にある宿が空いているそうです。一応、我等が滞在するかもしれないので、部屋に客を入れないよう頼んでおきましたが……どうしますか？」

「ご苦労様、ではそこにしましょう。やっと休むことができるね。あっ、馬車を停《と》めることはできるのですか？」

「大丈夫だそうです。ちょうど二組の客が出たタイミングだったようなので、少しロビーで待たされるかもしれませんが」

「宿が見つかっただけでも充分だよ。イザート、君も疲れたでしょ？」

「いえ、この程度であればさほど。ではすぐにでも宿へ参りましょう」

二人が宿へ向かうべく馬車に乗り込もうとしたとき、後ろでは老魔導士がもの凄《すご》い速さで拳を繰り出していた。旋風が巻き起こるほどで風切り音が尋常ではない。

むしろ衝撃波も発生している。

「……サーガス殿は、湯治をする必要があるのでしょうか？」

「それは僕も疑問に思っていたよ。長旅だったのに全然疲れているように見えないし……」

「ムゥ〜ン、マゥアキシマムプゥワァアアァアアアアアアァアァアァアッ!!」

「「あっ……」」


——ズバァアアアアアアアアアァアァアァアン!!


全身に力を入れて、雄叫《おたけ》びと共にポージングをした老魔導士。

クリスティンとイザートは、この老人の着ているローブが悲鳴を上げた音を聞いた。

狭い馬車はサーガス老人に相当にストレスを与えていたようで、リサグルの町へと到着したことで一気に開放的な気分になったのであろう。

彼がはしゃいだ結果、哀れな姿となったローブの無残な残滓《ざんし》である切れ端が、弔いの風に乗って宙を舞う。

このあと三人は宿のロビーにて、前の客が使用した部屋の片付けが終わるまで待たされることとなるのだが、上半身半裸のガチムチ老人と一緒にいることが凄く恥ずかしかったという。

◇　◇　◇　◇　◇　◇　◇

セレスティーナやツヴェイトがそれぞれに活動していた頃、彼はイーサ・ランテの街で研究に没頭していた。

薄暗い部屋の中で笑みを浮かべ、ハイテンションというか、まるで危ない薬の常習者の如く邪悪な表情で、結果を紙に書き殴っては再び同じ作業を続ける。

「フフフ……素晴らしい。これが旧時代の魔導具！　これが、かつて繁栄していた文明の技術っ!!　この地はまさに研究者の天国!!　休む時間すら惜しい!!」

「……いや、少しは休ませろよ。今まで同じことを何回言ってんだ？　このままでは俺達が本気で死ぬぞ、クロイサス……」

「知の宝庫で埋もれて死ねるのであれば、それは研究者として本望なのでは？　マカロフは研究者としての自覚が足りませんね。それにしてもコレは……フフフフフ」

ヤバかった。

クロイサスは理性を保ってはいるものの、長いこと研究を続けていたせいで脳にはアドレナリンなどの快楽物質が出まくり、かなりハッピーになっている。

多くの女性達を虜《とりこ》にするクールな彼の美貌は、今では目の下に隈《くま》が現れ、目は血走り、まるで物語に出てきそうな悪役魔導士の様相へと変貌を遂げていた。

そんな脳内お花畑のクロイサスの周りでは、同じ研究者を目指す学院生達と国から派遣された研究職の魔導士達が屍《しかばね》を晒《さら》している。かれこれ四日ほど徹夜続きだったのだ。

学院生達はともかく、実は研究職の国家魔導士もクロイサスと同類であった。

彼らが身を置いていたのは、果てない荒野を歩き続けるような作業を繰り返す地獄のような場所。

要するに……研究に没頭するあまり力尽き、疲労で全員がリタイアしたのだ。

いまだに元気なクロイサスがおかしい。

「……ここは地獄だ。俺は絶対に魔導具の研究者にはならないぞ」

「何を言うのですか、マカロフ！　ここには叡智《えいち》が……失われた偉大な技術が溢れているのですよ？　今この手で触れ、謎を解き明かさねばきっと後悔します！　ええ、後悔しますとも!!」

「なぜにそんなハイテンション……。ここに来てからお前、おかしいぞ？」

「想い焦がれ、求め続けた叡智が目の前にある。ここでできるだけ研究し理解せねば、魔法を極めるなど夢のまた夢。私は知識を貪《むさぼ》るためなら悪魔にでもなんにでもなりますよぉ！」

「……さよけ。どんだけハイになってんだ。ときにクロイサス、お前は帰る準備はできているのか？」

「……ハァ？」

クロイサスの思考が停止した。

そして、何度もマカロフの言葉を反芻《はんすう》してみるが、その意味が理解できないでいた。

『帰る？　どこへですか？　ここには叡智の結晶が解析できないほどあるのですよ？　この高度で美しい魔導具を放置して、いったいどこへ帰るというのですか？　そもそも帰るという言葉が出るのだから、どこかへ戻るということになるのですが……マカロフは何を言っているのでしょうかね？　私達が戻る？　戻る場所？　そんな場所がありましたか？』

残念なことだが、クロイサスの頭の中は全て研究一色に占められていた。

自分が学院生であるという事実や、冬期休暇による実家への一時帰省という恒例行事すら頭の片隅にすら残っていない。

彼にあるのは魔導の探求だけであり、それがクロイサスの全てであった。

古き時代の叡智を残して実家に戻るなど考えられない。

研究のためなら親をも泣かすことすら厭《いと》わないほど、クロイサスは研究馬鹿なのである。

「『……ハァ？』じゃねぇよ！　まさかお前、自分が学院生であることを忘れてないか？　ここは学院じゃない。ツヴェイト達や下級生は既にイーサ・ランテを出たんだぞ！　俺達は解析班の手伝いで時間を食ったが、これ以上ここで引き留めることなどできないと、研究部の班長が四日前に言ってただろうが。マジで聞いていなかったのか……」

「……そ、そんな……馬鹿な」

クロイサスはこの世の終わりのような、絶望に満ちた表情でその場に崩れ落ちる。

そもそもクロイサス達がイーサ・ランテにいる理由は、学院の講師達が『彼等には教えることはない』と職務放棄したからだ。同時に国内の大規模な組織改革によって旧時代の都市を調査するのに人手が足りなくなり、渡りに船とばかりにこの地へ送り出された経緯がある。

無責任な講師達の浅知恵だが、クロイサスにとってはパラダイス。

冬期休暇による帰省は、クロイサスにとって楽園からの追放に等しいのである。

その絶望たるや推して知るべしであった。

「なぜ……帰る必要があるのですか。家族など放置しても勝手に生きていきますよ。古《いにしえ》の叡智を知る機会はこの時において他にないというのに、学院の講師達はどこまで愚かなんですか……」

「いや、その前に俺達が死ぬだろ……。ここに来てからほとんどが机の前での魔法式の解析作業だし、休憩も十五分程度。食事のとき以外に生きているという実感が湧いたことがねぇよ」

「私は充分に充実していましたよ！」

「だから、俺に言っても仕方がないだろ。誰かこの馬鹿を説得してくれ……」

学院生達の主な仕事は、イーサ・ランテに放置された旧時代の文献解読や、魔導具のコアに刻まれた魔法式の模写、壊れた魔導具を分解しての機能解析など様々である。

だが、その量が問題であった。

サンジェルマン派の学院生達は、三日でここが地獄であることを自覚した。

クロイサスを除いてだが……。

「駄目だよぉ〜、クロイサス君……。親孝行をしたいときに親がいないなんてこともあるんだから、帰れるときにはちゃんと帰って家族と会話しないとぉ〜」

「デルサシス公爵はともかく、その奥様は心配しているんじゃないかしら？」

「イー・リンにセリナ……あまり家庭のことは言いたくないのですが、母上達は父上に熱を上げているだけの色ボケで、それ以外は貴金属やドレスなどの流行にうつつを抜かす俗物ですよ？　私の心配などするはずもありませんね」

「俗物……お前、家族に対しては辛辣《しんらつ》だな……」

クロイサスの言動にはいささか偏見の目が入っているが、貴族の奥方にとって流行を追い求めるのは、ある種のステータス向上のようなものである。

美容に始まりファッションなどを流行《はや》らせるのは貴族が最初であり、経済を回す宣伝効果も高いわけで、金を無駄に貯《た》めすぎないためにある程度放出することは義務であった。

また、貴金属の類は大事が起きた際、他国へ亡命するときの資金になる。

一応、贅沢《ぜいたく》するのにも理由《わけ》があるのだ。

「ハァ……この調子だと帰り支度なんかやってないだろうな。仕方がない、俺達で手伝ってやろうぜ。どうせゴミのような部屋だろうし、今からやらんと間に合わない気がする」

「そうね……。これで公爵家の一族なんて、正直信じられないわ」

「クロイサス君は研究者を目指しているから、後を継ぐことなんて考えていないいんだよぉ～」

「ま、待ってください！　私は帰るとは一言も……」

「「「駄目（だ）!!」」」

一人残る気でいるクロイサスだが、学院生である以上はそんなわがままは通用しない。

嫌がるクロイサスを引きずって彼の部屋に辿《たど》り着いてみれば、そこは数多くの魔導具で埋め尽くされていた。予想を超えた腐海ぶりである。

不思議な巨大茸《きょだいたけ》まで生い茂り、とても人が住める環境ではなかった。

「「「……」」」

仲間達もさすがに言葉が出なかったが、何かを決意したかのようにマカロフが重い口を開いた。

「汚い部屋なのは覚悟していたが、それより……。おい、クロイサス。この山積みの魔導具、どこから集めてきたんだ？　まさか、倉庫からちょろまかしてきたんじゃないだろうな？」

「……そういうわけでは。興味深かったので借りてきたのですが、いつの間にか……。返そうとは思ったんですよ？　ただ、その暇がなかっただけで……」

「許可は取ったんだろうな？」

「……」

沈黙が全てを物語っていた。

三人の冷たい視線が痛い。

「あっ、これ……倉庫から消えたって大騒ぎになってたやつだよぉ～!?　私、探すのを手伝ったのに見つからなくて……。クロイサス君、酷ぉ～い」

「こっちもそうね……。学院生の部屋も調べたのに見つからなかったと聞いたけど、どこに隠していたのかしらね……。クロイサス君、あなたのやったことは犯罪よ？」

「お前……やっていいことと悪いことがあるだろ。あらぬ疑いをかけられて泣いた奴が大勢いるんだぞ、どうする気だ？」

「そんな騒ぎ、ありましたか？　全く気付きませんでしたが……」

「「「少しは反省しろぉ（しなさい）!!」」」

クロイサスは研究が絡むと周囲に無頓着になる傾向がある。

悪気がないだけにタチが悪い。

その後、研究部の所長に謝罪に向かい必死に謝ることで事なきを得たが、一歩間違えば犯罪者として処刑される寸前にまで話が進んでいたことをここに記しておく。

クロイサスは美しい友情によって救われたのであった。

もっとも、彼がこれで自分の行動を改めるとは思えないのだが……。

第八話　異変調査中のおっさん達とセレスティーナの好み

野営で一晩明かしたゼロスとアドは、更に軽ワゴンで二時間ほど進み、目的地へと辿《たど》り着いた。

【ボンバ砦《とりで》】。国境の砦の一つ手前にある防衛拠点の一つで、有事の際は食料を運搬したり後方支援を行う拠点の役を担う。

ただし、現時点では周辺の村や町の街道を巡回する警備が主な任務となっており、盗賊や魔物の出現に目を光らせていた。

死因が不明の遺体が運び込まれたのは、今から五日ほど前のことである。遺体は猟師がウサギを追っているときに偶然発見された。

持ち物から盗賊だと分かったが、その死因はいまだに不明のままである。

いや、死因は判明している。体内の血液が全て奪われたからだ。

問題はその方法である。小さな傷跡はいくつも見られたのだが、それ以外に目立った外傷がない。

遺体を解剖しても、なぜ全身の血液を奪われたのか原因が究明できなかった。

それからすぐに似たような殺され方をした魔物の屍《しかばね》も発見される。

これによりボンバ砦に警戒態勢がとられることになった。

「……と、大まかな報告書の内容はこんなところだね。遺体を見てみないことにはなんとも言えないけど、おそらく体内から……」

「リッチ系アンデッドじゃない気がするな。ドレインタッチでも血液までは消えないだろ、なら吸血……。【デビルリーチ】は考えられないか？」

「寄生蛭《ひる》？　アレは血液を奪うと体を突き破って出てくるでしょ。遺体は血液を奪われただけで、そんな外傷はない。はぁ〜、やれやれだねぇ」

「そこの二人！　この砦に何の用だ」

ゼロス達は砦の前に辿り着く前に、門番によって止められた。

かなりピリピリした様子である。

「僕達はデルサシス公爵の命《めい》でここに派遣された魔導士で、得体の知れない死に方をした盗賊の遺体を調査しに来ました。ここにデルサシス公爵の書状がありますので、責任者の方に渡してもらえませんかねぇ？」

「なに？　……あい分かった。とりあえずデルサシス公爵の書状を預かろう。この場でしばし待て」

「ハイハァ〜イ、待ってますよぉ〜」

「なんでそんなにやる気なさそうに……」

ヤバイ存在が徘徊《はいかい》してピリピリと尖《とが》っている門番の神経を逆なでするようなゼロスの態度に、アドは力なくツッコミを入れた。

しかし、ヘラヘラしているように見えても、本気で調査しようと考えていることをアドは気付いていた。状況を弁《わきま》えてほしいところではある。

「待たされるのは、嫌いだなぁ～」

「俺だって嫌だよ……」

煙草《たばこ》を暢気《のんき》にふかすおっさんとアド。

ヒバリに近い鳴き声をする二羽の小鳥が、青い空を飛んでいった。

それから待たされること七分……。

「お待たせしました。今扉を開けます。おい、門の閂《かんぬき》を外せ!!」

内側で少々騒がしい声が聞こえ、やがて二枚扉が重い音を立てて開く。

「では、お邪魔しますよ」

「物々しい雰囲気はなんとなく分かるが、いつから続いているんだ?」

「三日前に新たな遺体が発見され、それから日を追うごとに犠牲になった夜盗や動物が発見されている。昨日から厳戒態勢に入ったところだ」

「まぁ、正体不明の何かがうろついているからねぇ～。近隣の村や街も守らないとならないから、さすがに人手が足りないか……。ここを襲う可能性も捨てきれないわけだし」

「まずはこの砦を預かるルガー団長に会ってください。案内します」

「お願いします」

砦の中では多くの騎士達が鍛錬をし、また壁の上から周囲を警戒していた。

他にも街道を馬車で移動しながら近隣の村や町を確認する部隊もおり、かなりの大所帯であることが窺《うかが》えた。

ただ、彼らの訓練風景の中に、表現するには不適切な罵詈《ばり》雑言《ぞうごん》が飛び交う場面が見られた。

『あれ……間接的に僕のせいじゃないよね？　大深緑地帯でかなり無茶なサバイバルはしたけど、あそこまではしてないし……』

某映画の軍曹のような真似は、ゼロスはやっていないのだが、彼らの言葉のところどころに『その程度では、ファーフランの大深緑地帯では生きていけないぞ！』とか、『甘さを捨てろ！　油断したら次に死ぬのは貴様だぞ!!』などの声が聞こえる。

地獄の訓練が生まれた原因に身に覚えがあり、現実をどれだけ否定しようとも現在進行形でハードな訓練が行われているわけで、罪悪感で心が妙にざわめくのを感じていた。

「ゼロスさんの影響、ここにも出てるっぽいな……」

「カ、カンケーないね……」

「どうせ身に覚えはあるんだろ？　態度で丸分かりだぞ」

おっさんは答えず、あさっての方向を向いて吹けない口笛を吹く。

アドの冷ややかな視線が痛い。

そんな二人は案内されるがまま砦内の建物に入り、階段を下りて地下の一室に辿り着く。

てっきり砦の責任者がいる部屋に案内されると思っていた二人だが、これは予想外だった。

「ここは？」

「ここは例の被害者の遺体が安置されている部屋になります。団長もそろそろ来ると思いますので、少々お待ちを」

「いきなり霊安室かよ。まぁ、手間が省けていいが……」

「何か、邪《よこしま》な感じがするねぇ……」

明かりは魔導具によるものしかなく、光で照らされていない場所はとにかく暗いため、ちょっとしたホラー感がある。

少々くだらないことを思っていたとき、階段を下りる足音と金属がこすれるような音が響いてきた。おそらくこの砦の責任者が来たのだろう。

魔導具の明かりに照らされた騎士は大柄で、フルプレートメイルを重さすら感じさせることなく着こなす重騎士。ゼロスと同年代の屈強な男であった。

「待たせたか、少し片付けなければならない案件があったのでな、客人に対して無礼だとは思ったのだが、こちらの手間が省けるものでな。礼の欠ける行いで大変申し訳ない。私がこの砦の責任を預かる【ルガー・ガンスリング】である」

「これはご丁寧に。僕はデルサシス公爵の命で調査に来た魔導士で、ゼロスと申します。こちらが共に務めるアド。まぁ、最初に断っておきますが、あの方との関係はあまり詮索《せんさく》しないでくれると助かります」

「……承知した。あの方のことだから個人の諜報《ちょうほう》組織や実働部隊を持っていたとしても不思議はあるまい。すぐに本題に移ろう」

「そうですね。時間的に猶予があるのかすら不明ですし、調査を始めるのなら早いに越したことはありませんよ」

「うむ、ではこちらに……」

部屋に入ると薄暗い広間に五つの台が置かれており、その一つに被害者であろうミイラが一体横たわっていた。最悪なことに現在医者の手で解剖されている最中で、正直気分が悪くなる。

「なんか分かったか？」

「これはルガー騎士団長、胃袋から血液を奪われた痕跡が見つかりました。水を吸わせて干からびた状態から元に戻すことで、ようやく血液がない理由が確認できるほどです。被害者は胃袋を通じて体内の血液を奪われたと見てよいでしょう」

「解せぬ……外部から刺されたりといった様子もないからな。となると口から何かを入れられたのか？　それとも口から体内に侵入するような魔物でもいるのだろうか。被害者が自ら魔物を飲み込んだというのは……考えられんな。そもそも人間一人分の血液となるとそれなりの量だ。ダニのような小サイズの魔物であったとしても、吸える血液には自ずと限界がある」

「確かに、人間一人分の血液を吸い上げたら、その謎の存在は相当膨らんでいるはずだよねぇ～。それなのに遺体に損傷がない……人間業ではないから魔物の仕業で間違いなさそうだけど、どうやったんだろうねぇ？」

「……ルガー騎士団長。この方達は？」

「デルサシス公爵が派遣した調査員だ。この件はまだここの領主にしか伝えていないのに、いったいどうやって知ったのか気になるところだがな」

『『おいおい、どういうこと？　マジであの人は裏で何してんだ!?』』

改めて知る、デルサシス公爵の情報網の広さ。

ボンバ砦はソリステア公爵領の外にあるため、別の領主が管理している。

国境を守る騎士達は国の直属でも、何かあれば真っ先に領主に報告するものなのだ。

ルガーの話ではまだ内密の調査段階であり、国に報告が上がるのは先になる。更に隣の領地を治めるデルサシス公爵には関係ない話なのだ。

それなのに既に情報を得ているあたりを鑑《かんが》みるに、この砦内にもデルサシスの手の者がいる可能性が高いわけで、更に突っ込んだ話をすればこの地の領主を信用していないとも取れる。

公爵とはいえ、これは越権行為に当たるだろう。

「まぁ、あの領主はデルサシス公爵に逆らえんわな。以前、あの方に悪事を暴かれ、そのうえ完膚なきまでに叩《たた》きのめされたって話だ。首輪をつけられ、いいように扱《こ》き使われていたとしても同情できん」

「……デルサシス公爵」

「まぁ、あの御仁ならやりそうだねぇ。逆に悪党領主を利用しようとするあたりが、いかにもあの方らしい手口だ。邪魔なら始末すればいいだけだし」

物理や魔法攻撃力の怖さの象徴がゼロスとアドとするなら、組織運用の怖さの象徴がデルサシスということだ。しかも悪党まで利用する。

理解を示していいのか微妙なところだが、こうした権力者が国の安寧のために動いてくれるのは民にとって心強い。しかしやり口が褒められたものではないことも確かだろう。

「本当に……なんであの人が国王じゃないんだ？」

「アド君……やり口を考えてみなよ。デルサシス殿は平安の世を治める賢王というより、むしろ目的のためなら手段を選ばない乱世の覇王タイプだよ？　あの才覚は戦乱の世ほど強く輝くものさ。今の時代にはそぐわないことを自覚しているんだろう」

「なるほど……言いえて妙だ。けどさ、隣の宗教国家が手を伸ばしてきてんだぞ？　むしろ今こそ必要な存在じゃね？」

「だからさ。才覚を自覚しているからこそ裏方に徹している。下手をしたら危険視されて暗殺者を送り込まれかねないだろ？　鬱陶《うっとう》しいじゃないか。まぁ、あの方ならそんな状況も楽しんじゃいそうだけどね……」

綺麗事《きれいごと》で国は治められない。

平和の時代が似合わない男、それがデルサシス公爵だった。

「団長、こちらでしたか」

「どうした」

「また盗賊の遺体が見つかりました。場所は以前の遺体発見場所から更に北で、しかも数は十三人です」

「……またか。犯罪者共だから別にかまわんが、今度は数が多いな。まるで意識して北上しているような動きだ」

配下の騎士からの報告に、ルガーは苦々しく呟《つぶや》く。

だが、ゼロスは彼の言葉の方が気にかかった。

このミイラのような遺体を増産している謎の存在は、北上を続けながら人間を襲っているらしい。

「ルガー殿、今『意識して北上している』と言いましたよね？　そう思う根拠は何ですか？」

「ん？　それは、これまでの盗賊や魔物の遺体発見場所を繋《つな》ぐと無駄のない直線になってな。まるで北を目指して移動しているようだったからだ。まぁ、正確には北西寄りだが」

「なるほど……。では、その方向に集落はありますか？」

「だいぶ離れたところに、メーティス聖法神国から流れてきた者達の村があるだけだ。国境のすぐそばの難民村ってところだが、それがどうか……まさか！」

ゼロスの言わんとしていることにルガーは気付く。

今は盗賊や低級の魔物が襲われているだけだが、下手をすれば集落も襲われかねない。

自国の民を守ることに注視していたが、襲われるのは自国の民でなく難民も襲撃を受ける可能性がある。これは由々しき自体だ。

「今報告に上がった遺体がどこで発見されたかは知りませんが、仮にこのまま北に進んだとしたら襲われる可能性はありますか？　僕達はこの辺りの地理に詳しくないので、少しでも情報が欲しいのですが」

「今回の遺体を発見した場所からだと……くっ、間違いなく難民の集落にぶつかります！」

「マズい……我等は民を守る立場だが、難民は別だ。もし軍を動かすなら領主や国の許可が必要になる。何しろ不法滞在者だからな……」

「それなら僕らが行きましょう。最悪国境を越えることになりますが、まぁメーティス聖法神国に押しつけるのもアリでしょう。以前、【グレート・ギヴリオン】をこの国に押しつけようとしていましたからねぇ」

「なっ!?　アレは奴等が……」

以前国境近くの城塞《じょうさい》都市が、最大規模のスタンピードと巨大ゴキブリに襲われた。

防衛戦でなんとか食い止められたが、先の平原にグレート・ギヴリオンの抜け殻が発見され、ついでに巨大なクレーターによって交易が滞ったことがある。

いまだに復興していないが、メーティス聖法神国は仮想敵国なので街道を直す気もなかった。日頃の恨みが積み重なった結果である。

暗躍していた異端審問官達はコッコと民衆にボコられ、重傷のまま国に引き渡されている。元が犯罪者なので雇い主は庇《かば》うこともなかった。

これは国同士の交渉にも使えるネタなので、真実はあまり公にされてはいない。

「現場を見たこともあるが、どうすればあんなクレーターを作れるのだ」

「さぁ？　僕らには関係ない話なんで……。それで、難民の村の場所はどこですか？　地図でもあれば嬉《うれ》しいんですが」

「今から向かうのかね？」

「それが僕らのオシゴトですから。取り越し苦労で済むといいんですがねぇ……」

「すぐに地図を用意させよう。できれば調査の報告をこちらにもしてくれるとありがたいのだがね」

「善処はしますよ」

こうして再び調査のため移動を開始することになった。

砦を出たゼロス達は、砦の壁が見えなくなる距離まで歩き、再び軽ワゴンに乗って走り出す。

「この道なりを真っ直《す》ぐね。地図ではその先の山道を左に曲がるけど、見逃さないように」

「教習所の教官かよ……。それより、また俺が運転すんのね」

「帰りは僕が運転しよう。それともバイクのタンデムをお望みかい？」

「……それは嫌だ。何が悲しくておっさんに抱きつかなけりゃならんのだ」

「どうでもいいけど、アド君はどうやって免許の取得ができたんだい？　方向音痴なのに……」

「聞かないでくれ」

不穏な事態が起きているはずなのに、この二人には緊張感がまるでない。

そんな野郎二人を乗せた軽ワゴンは、土煙を上げて道を疾走していった。

◇　◇　◇　◇　◇　◇　◇

「にゃぁ〜……もう食べられないのだぁ〜〜……」

そう言いながら畳の上で寝転がり、幸せそうに自分のお腹をなでているのはウルナであった。

「い、犬が……猫のようですわ」

「酷《ひど》い。アタシは犬じゃなくオオカミだよ、キャロスティー」

「どちらにしても、乙女が見せていい姿ではありませんわ。はしたないですわよ」

女性同士での初めての温泉旅行で昨夜は騒ぎすぎ、少し遅めの朝食を済ませたセレスティーナ達は、自室でのんびりまったりくつろいでいた。

キャロスティーも優雅に紅茶を飲んでいる。

「アンズさんは朝食にも姿を現しませんでしたが、どこへ行ったのでしょう。ミスカは知りませんか？」

「アンズ様は、お嬢様方がベッドでお腹を出しながら寝ている間に朝食を済ませ、既に護衛の任についております。まぁ、私がこの場にいるので、少し自由に動いてもよいと許可を出したのですが、休憩時間はお昼前にすると言っておりましたね」

「仕事熱心な子ですよね。エロムラさんはそうでもありませんでしたけど……」

「あの歳で既にプロフェッショナルです。それよりもお嬢様……」

ミスカの眼鏡があやしく光る。

「お嬢様は人の顔と名を覚えるが苦手でしたのに、エロムラさんの名はすぐに覚えましたね。もしかして、あのような方が好みなのでしょうか？」

「それは私も思いましたわ。ディーオさんやマカロフさんの名前は不思議と覚えませんのに、あの方の名前は割とすんなり記憶されたご様子。本当に不思議で気になっていましたの」

「ん～……エロムラさんは、結構会う機会がありましたからね。図書館でも護衛としてついてきてくれたり、届かない本を取ってくれたりしましたよ？　意外に親切な方だと思っていますけど、お二人には違うのですか？」

キャロスティーとミスカは顔を見合わせた。

『どう思われます、ミスカさん？』

『私にはただの粗忽者《そこつもの》にしか見えませんが、まさか護衛の合間にポイントを稼いでいたとは……。これが計算してのことなら、とんでもないダークホースが現れたとしか……』

『でもセレスティーナさんですわよ？　他者の好意なんて自覚していないと思いますわ。近くにあれほど好意を寄せている方がいらっしゃいますのに……』

『ディーオ様は、タダのヘタレです。声を掛けることすら躊躇《ちゅうちょ》する意気地なしですから、お嬢様にお気持ちが伝わるなど一億年ありえませんね』

『では、エロムラさんが今のところリードしているのでしょうか？』

『それは私にも何とも……。この際ですから、お嬢様の男性の好みを聞いてみましょうか？』

『それはよいですわね』

この二人、実はディーオとセレスティーナの関係の行方が凄《すご》く気になっていた。

ミスカにとって、セレスティーナは友人の大事な忘れ形見だ。当然、結婚相手となる者に求める条件も高く、幸せにするのは当然として、命懸けでセレスティーナを守りきる実力や意思がなければ任せられないと思っている。

一方のキャロスティーは興味本位の出歯亀根性で、あれほど『君のことが好きだぁあぁぁぁあっ!!』とオーラで語っているディーオの思いが、両思いに成就するのかどうか期待を膨らませている。

そんな彼女の趣味は、甘々な恋愛小説と一部の薄い本であった。

「お嬢様、素朴な疑問なのですが……。お嬢様はどのような殿方が好みなのでしょうか？」

「殿方の好み……ですか？　そうですね……大人の男性で包容力があり、理知的で女性に対しても理解がある人……でしょうか？」

『『!?』』

この時点でエロムラとディーオの線は消えた。

セレスティーナは自分より年上の男性、もしくは大人びた思考を持ち、自分に対しても理解を示してくれる人物が求める理想の男性像だった。

そして、そんな人物の心当たりは一人しかない。

そう、各地に何人の愛人がいるか分からないデルサシスだ。もっとも、彼の場合は多くの女性に

対して理解を示してしまうのが問題なのだが……。

『まさか、ファザコンを拗《こじ》らせているとは……。これはマズいですね』

『えっ!?　セレスティーナさんは、デルサシス公爵のような方が好みなんですの!?　いえ、貴族であれば充分に考えられる事態ではありますが……。あのような方が何人もいるとは思えませんわ』

セレスティーナは公爵家内では完全に孤立した立場だ。クレストンからは可愛《かわい》がられていたが、父親であるデルサシスはあまり彼女に会おうとしない。

無論そこにも理由がある。

デルサシスはセレスティーナを貴族にするつもりはなく、いずれは自分の身一つで強く生きていってほしいと願っているからだ。何より、貴族のしがらみに縛り付けたくないと考えており、そこはミスカも了承している。

デルサシスは公爵家として有力貴族の女性を妻として迎えた立場上、表立ってセレスティーナを可愛がると嫉妬深い妻二人の実家から妬みや嫌がらせの手がセレスティーナに降りかかってしまう可能性があり、どうしても距離を置かねばならない立場だった。

彼が娘を放置し続けた理由も、貴族の闇からセレスティーナを遠ざけるためのポーズだ。

セレスティーナを守るため、ミスカを含めた関係者はできうる限りの安全策を執ったつもりだったが、さすがに理想の男性＝理想の父親像と結びつくとは、ミスカも思いもしなかったのである。

『私達の教育方針が裏目に出た？　いえ、まだそう思うのは早急……。ここはきちんと確かめておくべきね』

内心で冷や汗を流しながら、深呼吸をしつつ心を落ち着けるミスカ。

そして、なんとか声を震わせることなく次の言葉を出す。

「で、ではお嬢様は、大人の男性がよいと？　例えばゼロス様のような……」

「先生ですか……そうですね、先生は意外に子供っぽいところもありますし、結婚したら楽しい家庭ができそうな予感がします。でも、私はやはり子供扱いされていますね。ルーセリスさんとは少し応対が異なるようですし、やっぱり教え子という関係がさきに来ているのだと思いますよ？　仮に政略結婚であったとしも、先生なら私のこともきちんと考えてくれると思いますが、それでも夫婦になるには時間が必要になりますね」

結婚はアリだが、ゼロスがセレスティーナを女性と認識していない。

仮に婚約したとしても女性として見られるのはまだ先の話。

そのあたりのことはセレスティーナもなんとなく理解していた。

そして、逆に考えると彼女のゼロスに対する評価はディーオ達よりも遥《はる》かに高く、結婚を考えてもOKということになる。

「あの……では、ディーオ様はどうでしょう？」

「……？　誰ですか、それ」

「ツヴェイト様のご友人のディーオさんですわ。図書館やたまに訓練場でもお見かけする……」

「あら？　あの方はデストロイヤーさんではなかったでしょうか？　なぜか空気の薄い方ですよね？」

「お嬢様……そこは影が薄いと言うべきでは？」

色々と酷い。そして惨《むご》い。

セレスティーナにとってディーオは空気程度の存在で、しかも全く相手にしていない。

少しでも特徴があれば名前くらいは覚えてくれたのかもしれないが、残念ながらディーオはエロムラほど個性が強いわけではなかった。

どれだけ好意を寄せていようとも、印象にすら残らないのでは意味がないのだ。

なにしろ彼の存在を空気として認識しているのだから……。

そんなディーオの哀れさに、ミスカとキャロスティーはセレスティーナに背を向け、静かに涙を流した。頑張っても報われない悲しさがそこにあった。

「そんなお二人は、想いを寄せている殿方がいるのですか？　私にだけ聞くのは不公平です」

「私……メイドですから」

「わ、わたくし……婚約者がいますから……グス……」

「そ、そうですか……？」

なぜか背を向けて涙を拭《ぬぐ》う二人を見て、不思議そうに首を傾《かし》げるセレスティーナ。

ミスカはこの時ようやく自分の間違いに気付いた。

『なんてこと……。彼を焚《た》き付けて異性に対する目を向けさせようとしたのに、まさかお嬢様がおっさん趣味だったなんて……。こんな教育をしていたなんてミレーナが知ったら、なんて言うか……。ごめんなさい、私、あの世であなたに合わせる顔がないわ』

余談だが、ミスカはディーオがセレスティーナに不埒《ふらち》な真似をしようとすれば、当然ながら人知れず裏で必殺するつもりであった。

そのため陰から常に監視していたのだが、ディーオがヘタレすぎていまだに二人の間にまともな会話が成り立っていない。逆に見ていてイライラするほどである。

『私達が教育というものを甘く見すぎていたのか、単に彼がヘタレすぎていたのか……。恋愛に対しても興味が薄いようですし、お嬢様が異性に興味を持つのはまだまだ先になりそうね……』

別方向の恋愛には興味津々のようだが、セレスティーナは引きこもりボッチ生活が長すぎたこともあり、今が楽しくて周囲の目に鈍感なところがある。

調べた限りでもセレスティーナを狙う少年達は多い。

貴族出身者にいたっては、そのほとんどが公爵家に繋がりを持とうとする野心的な者達ばかりであり、普通に幸せを願うデルサシス達にとっては害虫に等しい。

しかしセレスティーナは、そうした悪意すら目に入らず、魔法に関する知識を貪欲に研究していた。この現状を知れば、どこぞの老人が人目を憚《はばか》らず乱舞する姿が目に浮かぶ。

「それでは、食後の一息をついた後に温泉に向かいましょう。公衆の大浴場があるそうですよ？」

「つまり、貴族と民衆関係なく入れる温泉ですわね。大勢の方の前で肌を晒《さら》すのは、わたくし気が引けますわ……」

「男女別々ですよ？　女性ばかりなのですから恥ずかしくはないと思います。昨日入った宿のお風呂と同じじゃないですか」

「セレスティーナさんは温泉に入ることに意欲的ですわね。お湯でふやけてしまわないでしょうか？」

「美肌になって女子力を上げるのです！　最近研究ばかりで肌の手入れを疎《おろそ》かにしていましたし、ここで一気に回復を目指します。それに色々なお風呂があるようなので、興味深いですよね」

『よかった……少なくとも美容に関心はあるのね。恋愛に関しては希薄でも、美しくありたいと願うのは女の性《さが》。こうなると警戒をワンランク落とすべきかしら？　馬鹿な男共を近づけるのは少々アレですが、教育のためと思えば……。けど、護衛に関する指揮権は爺《じじ》馬鹿である大旦那様の直轄……。むずかしい』

ミスカとエロムラ、そしてアンズはデルサシス指揮下の護衛だが、それ以外の護衛はクレストンの管轄下にある。協力態勢にはあるのだが、この問題に関しては指揮権が異なる者同士で頭を痛めそうだった。

デルサシスは『教育のためなら警戒を緩めてもかまわん』と理解を示すであろうが、クレストンは『男共を近づけるでない！　セレスティーナは儂《わし》と一緒にいるんじゃあ～!!』と駄々をこねることは明白。困ったことに護衛に就いている者達はプロばかりなのだ。

たとえ『マジでこんな仕事なの？　いい加減にしろよ、爺《じじい》……』的な命令でも、彼等は愚痴をこぼさず完璧に仕事を熟《こな》す。

指揮系統でぶつかる可能性も高かった。

「うふふ……胸は未来に期待するとして、今は美肌。つるつるすべすべになって御爺《じい》様を驚かせてみせます」

「お嬢様、そこはゼロス様か他の殿方の名を挙げるべきでは……。大旦那様に見せてどうするというんですか……」

「しばらく会えなかったから、できるだけ健康で元気な姿を見せたいと思ったのですが、何かおかしいですか？」

「…………いえ」

美容に熱心なセレスティーナ。

しかし、中身は祖父に心配をかけまいとする純真な孝行者だった。

そんな彼女がまともな恋愛ができるかどうか、今のところ誰も知らない。

第九話　エロムラは扇動し男達は暴走す

温泉、それは心の癒《いや》し。

繰り返すようだが、この世界は娯楽がかなり乏しい世界だ。

観光など貴族や金持ちの商人しか行けず、国外の旅行など一握りの裕福層に限られている。

兵士や傭兵《ようへい》達は、商人や貴族の護衛として随行することはあるが、ゆっくりと異国文化を楽しむ余裕はなかった。せいぜい食堂や国営の大衆浴場を楽しむくらいである。

余談になるが、旅行以外での娯楽といえば、コロッセオで行われる剣闘士の戦いや、裏酒場や高級宿で行われるカジノくらいのものだろう。

「あぁ〜〜〜っ？」

リサグルの町のほぼ中央に位置する大衆浴場では、昼前から大勢の女性客が湯を満喫していた。

クリスティンもまた温泉に身を委ね、旅の疲れを癒す。

彼女の家は一般家庭に比べれば裕福ではあるが、無駄な浪費ができるほどでもなく、行楽目的の旅など簡単にできる立場ではない。

そのため、今回の旅は実に新鮮で驚きに満ちていた。

「温泉……領内に湧かないかなぁ〜。凄《すご》く気持ちいい」

エルウェル子爵家のある土地で温泉を掘るとなると、少なくとも千メートルは掘らなくてはならないだろう。近くに火山帯のあるリサグルの町とは条件が異なる。

また、硬い岩盤を貫く技術が確立していないので、その作業は恐ろしく時間が掛かる。予算の面も合わせるとかなりの出費となり、事実上不可能と言ってもよい。

それ以前に地質調査の知識も技術もない。

心地よい温泉を堪能する彼女は、自分がとんでもなく無茶なことを口にしていることにも気付かず、夢物語のようなことを考えていた。

それほど温泉は魅力的だったのだ。

「ゆったり、たっぷり、のぉ〜んびりな温泉……」

イザートやサーガスも隣の男湯で同じように温泉を満喫しているだろう。

二人にはいつも未熟な自分のために苦労をかけて、申し訳ないと常日頃から思っており、この休暇だけでも仕事から解き放たれゆっくり疲れを癒してもらいたいと思っていた。

「ハァ〜……癒され……ん？」

クリスティンは、傍らの水面から何やら筒のようなものが突き出ていることに気付いた。

その下はお湯が白く濁っているので、どうなっているのか分からない。

『……なに、これ？　何か空気が流れているようだけど……』

なんとなく筒に指を入れてみた。

しばらくすると筒がプルプル震えだし、やがてお湯の中から水飛沫《みずしぶき》を上げて勢いよく少女が飛び出した。

あまりのことに呆然《ぼうぜん》とするクリスティン……。

「君……なにしてるの？」

「……修行」

「……」

そのまま見つめ合うこと数分、少女は『……ん』と言いながら親指を立てた拳を見せると、再びお湯の中へと消えていった。

筒を水面に出したまま……。

「…………なに、あの子？　修行？　えっ？」

わけが分からなかった。

なんとなく無駄な時間を過ごした気もする。

「よぉ～し、また泳ぐぞぉ～～～！」

「ウルナ、他のお客様に迷惑だから……」

「懲りないですわね、ウルナさんは……」

「こちらにはサウナもありますね。熱いのは苦手ですが、挑戦してみるのもいいかもしれません」

少女がお湯の中へと消えていった後を呆然と見つめていたが、騒がしい少女達の声で再び我に返る。見たところ三人は同年代で、もう一人は少し年上に見えた。

『友達同士で旅行なのかな？　……ちょっと羨《うらや》ましい』

クリスティンはボッチである。

同い歳の友人はおらず、同年代の知り合いも彼女に対しては貴族としての目を向けるので、信頼はされていても心から親友と呼べる者はいない。

せめて一年早く魔法が使えるようになっていれば、彼女もイストール魔法学院に入学できたのかもしれない。

それ以前に魔法の才能はないといわれ、騎士家なので当時は魔法に興味もなく、どちらにせよ行くことはなかっただろう。

伯爵家などで催される晩餐会《ばんさんかい》などにも出席するが、騎士の資格を求める彼女は同年代の貴族令嬢達とは話が合わず、逆に貴族の子息達からは嘲《あざけ》りの目を向けられることの方が多い。

その理由は、昔同じ騎士家の子息に揶揄《やゆ》されたことから勝負に発展し、勝利したのが原因である。女に負けたことが恥だったようで、それ以降は何かにつけて陰口を叩《たた》くようになった。

そんな彼女を褒めたのは、一度だけ会ったことのあるデルサシス公爵だけである。

そのとき彼が言った言葉は、『女の身で数人の男子を倒したか、素晴らしい。それほどの実力をつけるにはよほどの修練を積んだのであろう？　負け犬のように騒ぐ愚物の言葉など捨て置けばよい』だった。

以降、陰口は聞かなくなったのだが、デルサシス公爵に褒められたことで嫌厭《けんえん》され、いまだにボッチである。

「……友達、欲しいな」

心から信頼できる同年代の友人がいないことに、少し寂しさを覚える。

吐露《とろ》した言葉は彼女の細やかな願いでもあった。

◇　◇　◇　◇　◇　◇　◇

カポ～～～ンと、誰かが鳴らした風呂桶《おけ》の音が浴場に響き渡る。

ツヴェイト達は観光がてら仲間達と共に大衆浴場に来ていた。

久しぶりの休暇からハメを外した彼らは、突撃し湯船に思いっきり飛び込んでいく。

他の客から見れば迷惑極まりない行為だ。

「あぁ～生き返るぅ～～っ」

「団長、めっちゃシゴクんだもんなぁ～っ。俺達はまだ学生だっつーの」

「休みの前日まで訓練させられたもんなぁ～、まだ筋肉痛が治らねぇよ……。歩く度にあちこちが痛《い》てぇ……」

「騎士団に配属されたら毎日あの訓練だぞ。今のうちに体力作りは必須だな」

ツヴェイト達についてきたウィースラー派の学院生一同。

彼等は互いに有り金を持ち寄り、少し大きめの部屋を借りて集団で宿泊していた。

訓練ばかりで小遣いをあまり使わなかったこともあり、帰りの馬車代を含め、ギリギリで三泊くらいは可能な程度の持ち合わせがあった。

そもそも彼等は、ソリステア公爵領の貴族なので金銭的に苦しいということはないのだが、自分達の所持金でやりくりしようという考えで動いており、実はしっかり者だったりする。

「なぁ～ツヴェイト。この町はワインが名産だったよな？　土産で買っていきたいけど金が足りないんだ。後で返すから貸してくんね？」

「俺だって金がないんだよ。親父は小遣いに関してもかなりシビアだし、必要最小限にしかくれないんだ。欲しいものがあれば自分で稼げというスタンスだからな」

「マジか……厳しいな」

男同士の裸の付き合い。

貴族としての身分を超えた同じ夢と理想を掲げる者達の語らいの場に、温泉は最適であった。

無論、青少年の悩みなども打ち明け相談し合う場でもある。

「ディーオのやつ、お前の妹にぞっこんなんだろ？　脈はあるのか？」

「いや……いまだに名前すらまともに覚えられていない。なんとなくは理解しているようだが、俺のオマケ程度の認識だな」

「可愛《かわい》い顔をして、なんて残酷な……。まぁ、ラブラブになられても俺達はムカつくけどな」

「「「「同感」」」」

「そこは応援してよぉ!?　友達だよね？　友情ってなに!?」

ディーオは生暖かい目で見られていた。

理想を語り合える仲間は確かに素晴らしいが、同時に彼女を作って自分達の目の前でイチャつかれられてもムカつく。

何しろ全員恋人がおらず、彼等の多くは次男坊なため、親同士が決めた婚約者などもいない。

場合によっては婿に送り出される立場の者もいるが、それ以外は相手を自分で見つけなくてはならないのだ。

そんな彼等は素直に他人の恋が成就することを喜ばないし、応援もしない。

相談という名目で情報収集し、常に隙《すき》あらば横から目当ての女性を奪うことを考えており、実のところディーオと同じようにセレスティーナのことを狙っていたりする。

実に美しい友情である。

「むしろ、ツヴェイトの護衛の……なんて言ったっけ？　エロ馬鹿？　あいつの方が脈あるんじゃね？　この間、荷物を持って一緒に歩いていたのを見かけたぞ？」

「放課後に、訓練場で近接戦闘の訓練に付き合っていたぞ？」

「軽薄そうなのに面倒見がいいな。そういえば、妹さんが上級生のお姉様方に追われていたが、ありゃ何の騒ぎだったんだ？　エロムラが体を張って妨害していたぞ。踏み潰《つぶ》されたが……」

「……あいつが上級生の女生徒にも頼りにされているのは知っているが、なんでそんなことになったんだ？　嫌な予感がするんだが……」

「フッ……鋭いな。実はクロイサスのやつが作った惚《ほ》れ薬《ぐすり》のせいらしい。たまたま廊下を歩いていた彼女が被害者達の目に留まり、そこから『フォオオオオッ!!』状態に突入したとか」

「フォオオオオオオオオオオオオオオオオオオオオオオオオッ!!」

ディーオ、嫉妬に悶《もだ》える。

彼からしてみればエロムラはまるでセレスティーナの騎士に思え、それが自分でないことに怒りを覚えたようだ。かなり身勝手な理屈である。

「……決めたよ、ツヴェイト。俺、今から告白してくる」

「どこにだ？　セレスティーナは隣で入浴中だぞ。まさか女湯に突入する気じゃないだろうな？」

「……えっ？」

「いや、番台で金を払うときに、たまたま後から来たアイツらを見かけてな。今頃は隣の女湯だ」

「そ、それはつまり……。今、俺は彼女と同じ湯に浸《つ》かっていることに……グハッ！」

「ディーオ!?」

ディーオは鼻血を吹き、盛大な水飛沫を上げ温泉に沈んだ。

浴場は男湯と女湯に分けられているが、湯船の下にある水路で繋《つな》がっており、同じ風呂にいるという表現もあながち間違ってはいない。

何を連想したのかディーオは満足そうな笑みを浮かべ、『彼女は最高よぉ～……』と言いながら水面に浮かんでいる。せめて鼻血はなんとかしてほしいところだ。

「ディーオのヤツ、純情なのか変態なのか微妙になってきたよな……」

「言うなよ……そろそろヤバいんじゃねぇかと誰もが思っているんだからよ」

「ムッツリなのは間違いない」

「恋とは人をここまで愚かにするのか……」

「そう思うなら、お前等もディーオを抑えるのを手伝ってくれ。正直、これ以上は俺の手に負えねぇんだが……」

「「「無理だ、ツヴェイト！　俺達は今のディーオに関わりたくない。他の女子に友達だと思われたら、彼女なんてできねぇから!!」」」

そして、内心ではセレスティーナのことも虎視眈々《こしたんたん》と狙っているのだが、彼等は貴重な情報源であるツヴェイトにそれを伝えることはない。本当に美しい友情である。

何にしても問題児は一人撃沈した。

そうなると気になるのはもう一人の方だが、そのもう一人は女湯を仕切る壁を見つめ真剣な表情を浮かべていた。当然だがエロムラのことである。

「お～い、エロムラ。お前、なに壁を凝視してんだよ。いつもの鏡の前でのポージングはやらないのか？」

「同志、お前は俺を変態だと思っているのか？　毎日ポージングしているような言い方はやめてくれ」

「じゃあ、なにしてんだよ」

「いや、この壁なんだが……。高さが三メートルくらいで通気のために上が空いているだろ？　要は隙間《すきま》があるわけで……。女湯を覗《のぞ》けないかと思ってたんだが？」

「充分に変態だろぉ!!」

アホだった。

「なにを言う！　温泉、女湯、超えてはならない壁！　この三つが揃《そろ》ってんだ、覗かないのは逆に失礼だろ？」

「力説すんなっ！　それをやったら犯罪だ!!」

エロムラはやけに男前で真剣な表情で近づくと、ツヴェイトの両肩に手を当て迫る。

「……な、なんだよ」

「……同志、俺は……おっぱいが好きだ」

「だから？」

「チッパイが好きだ、平均パイが好きだ！　巨乳が大好きだ!!　これがエルフであればご飯三杯はいけるほどだ!!　釣り鐘型が好きだ、お椀《わん》型が好きだ、ツルペタが好きだ、熟女の熟《う》れた乳は代えがたき美すら感じる！　老いて垂れ下がった乳には悲劇に涙が絶えない……過ぎ去ってゆく刻《とき》の残酷さに慟哭《どうこく》すら超える絶望を覚える。アレは見るに堪えない悲劇だ……。美しき母性の象徴を、幼き日に感じていた童心を再び!!　アァ素晴らしき豊かな乳、俺はそれが見たい!!　もう我慢など無理だ!!　それほどにおっぱいを求めている!!」

『あっ……これは駄目なやつだ』

ツヴェイトは確信する。何を言っても無駄であると……。

同時にエロムラから今まで感じたこともない気迫が迸《ほとばし》り、周りの者達を呑《の》み込んでいく。

今、確かに何かが起こり、事態は最悪の方向へと進んだことをツヴェイトは感じ取った――。

「なぜ男湯と女湯に分ける！　常識とはなんだ！　男女とは自然から生まれた普遍的なもの。裸で生まれ、裸で付き合い、裸に帰る。そう、元より男と女とは裸同士で相対するものではなかったのか？　分別という概念が自然の姿を歪《ゆが》め、倫理観という押しつけ概念が、男女との間に壁を構築してしまったのではないのか？　俺はその壁を今日破壊する!!」

「いや、お前が超えようとしているのは、犯罪の一線だと思うが？」

「勃《た》て、益荒男《ますらお》達よ！　今こそ全てのしがらみから解き放たれ、あまねく銀河に正しき姿を取り戻す雄叫《おたけ》びを上げよ!!　我等は裸のヌーディストだと高らかに声を上げ、今こそ自然に帰るべき刻であると知らしめよぉ‼」

「「「「「ウオォオオオオオオオオオオオオオオ‼」」」」」

男達が立ち上がり吠《ほ》えた。

老人、商人、ゴロツキ、学生、この場にいる男達全てがエロムラの叫びに同調した。

これは別にエロムラが支持されているわけでも、カリスマ性があるわけでもない。

彼の職業である【ブレイブ・ナイト】のスキル、【鼓舞咆哮《こぶほうこう》】によるものである。

このスキルは仲間などのテンションを大幅に上げ、同時に戦闘力や防御力を一・五倍跳ね上げる。

更に同調効果もあるので、エロムラの馬鹿な考えにわずかでも共感を覚えた者達に作用をしてしまった。無意識で使ってしまったのだが状況は既に手遅れだ。

そう、『コイツ、なに言ってやがんだ？』と呆《あき》れていたツヴェイトや、一部を除く男達以外の全てに効果を及ぼしたのである。

余談だが、エロムラに全く共感しなかった者には、この効果は作用しない。

「進め、野郎共ぉ‼　あの邪魔な壁をぶっ壊せぇ‼」

「女房がなんだぁ‼　俺は若い女の乳が見てぇ‼」

「許せ、婆《ばあ》さん……。儂《わし》の猛《たけ》る逸物《いちもつ》が、あの忌まわしき壁を壊せと叫ぶんじゃぁ‼」

「うひひ……女……オンナァアアアアアアアアアアア‼」

「幼女……幼女………」

最低で最悪の事態に発展。

暴走した男達は、女湯との境界を遮る壁に殺到する。

『うん……俺はここから立ち去ろう。同類とは思われたくねぇ……』

状態異常効果を免れたツヴェイトと一部の者達は、この場から即座に撤収することを決めた。

ベストな選択である。

◇　◇　◇　◇　◇　◇　◇

馬鹿達の咆哮《ほうこう》は、当然ながら女湯に聞こえていた。

いや、聞こえないほうがおかしい。

『『『『ウオォオオオオオオオオオオオオオオッ!!』』』』

雄叫びが響き渡ることで、入浴中の女性達全員が、何事かと男湯の方に一斉に振り向く。

「なに、あの叫び声……」

「まさか、女湯を堂々と覗こうとしている!?」

「嘘《うそ》でしょ!?　男共は何考えてんのよ!!」

「いやぁああああああああああああっ!?」

当然ながらパニックになる。

慌てた女性達は脱衣所に逃れるべく出入り口に殺到するのだが、扉一枚程度の幅しかなく……。

「早く出てぇ、後がつっかえてるんだから!!」

「無茶を言わないでよ、狭いのよぉ!!」

……当たり前だが渋滞を引き起こしていた。

混乱した状況下でこそ冷静さが必要なのだが、全ての人間が冷静でいられるわけもない。

ましてや女性達はあられもない姿である。

嫁入り前の女性もいるので、身の危険が先にきては慌てもするだろう。

そんな中、一人の男が壁によじ登り、身を乗り出してきた。

「へへへ……女の裸……」

「「「「「いやぁあああああああああああああっ!!」」」」」

男は理性を失っていた。

性欲という名の欲望に染まり、ただ一つの欲求に突き動かされている。

格の低い一般人は、【鼓舞咆哮】の効果をもろに受けてしまったのだろう。理性というものが完全に吹き飛んでいた。

その異様な様子に、捕まったらただでは済まない身の危険を女性達全員が感じ取った。

「【ウォーターボール】!!」

「げふぅ!?」

いきなり魔法攻撃を受け、覗き男はそのまま壁の向こうへ落下した。『嫌なものが顔面にぃ!!』とか、『一人やられたぞぉ、衛生兵!!』という声が聞こえる。

「ふぅ……人に魔法を使うのは初めてだったけど、上手《うま》くいってよかった」

魔法を放ったのはクリスティンであった。

魔導士が訓練などでよく使う低級魔法、【ウォーターボール】。

水球を作り相手にぶつけるだけの魔法だが、威力の面で【ファイアーボール】よりも殺傷力が低いため、こうした暴徒鎮圧に遠慮なく使うことができる。

「皆さん、落ち着いてください！　慌てればかえって避難が遅れることになります。手の空いている方は周囲にあるものを持って、あの人達に投げつけて！」

「それは、時間稼ぎというわけですの？」

聞き返してきたのは自分と同年代の金髪の少女。上品な口調と仕草が彼女の魅力を引き上げていた。

「そうです。幸い天井と仕切りの壁の間は狭いですから、越えてくることまではできないでしょう。石鹸水《せっけんすい》でも浴びせれば、覗こうとしている人達の数を減らせることができます」

「なら、わたくしは魔法で牽制《けんせい》しますわね。セレスティーナさん、手伝ってくださいまし」

「いいのでしょうか？　でも、これはどう見ても犯罪行為ですし……」

「お嬢様、悪党に情けは無用です。堂々と痴漢行為をする男共など、むしろ抹殺したほうが世のためというものです。いえ、殺してもかまいません！　殲滅《せんめつ》する気で物を投げつけるべきです!!」

「「「「おぉおおおぉぉぉぉぉぉぉっ!!」」」」

「抹殺って……」

なかなか物騒なことを無表情で言う眼鏡の女性に、クリスティンはドン引きした。

そんな強気発言に周囲の女性達も同調する。

風呂桶などを投げつけることは提案したが、あくまで全員が退避するための時間稼ぎのつもりで言ったのだ。殲滅戦を提唱したわけではない。

だが、目の前の女性達からは凄《すさ》まじい殺気が放たれている。殺《や》る気なのは間違いない。

このままでは大衆浴場が血で赤く染まることになるだろう。

焦るクリスティンをよそに多くの女性達が殺気立ち、風呂桶や石鹸、どこから持ち出したのか掃除用のブラシを手に一致団結してしまった。

「あの……僕はそこまで言ってませんが？」

「変態共に情けは無用。総員、構え!!」

なぜか眼鏡の女性の指揮に全員が応え、訓練すらしたことがないのに一糸乱れぬ動きで風呂桶を投げる体勢に入った。

そして――。

「放て！」

「「「「「死ねぇ、変態共ぉ――――――っ!!」」」」」

こちらを覗こうと顔を出した男達に向けて、風呂桶が一斉に投げつけられた。

全てが彼等に当たったわけではなかったが、直撃を免れた者達は魔法攻撃によって迎撃される。

そして壁の向こうへと消えていった。

『クソッ！　向こうも迎撃してきやがった』

『こちらも魔法で防御だ！』

『ち、乳が……尻が………』

『もういい、喋《しゃべ》るな！　クッ、奴等の血は何色だ!!　俺達はただ女体が見たいだけなのに……』

『てめぇらぁ、止まるんじゃねぇぞぉ―――――っ!!』

誰かがどこかの団長のような、皆を鼓舞する声を上げたようだ。

片や覗きを強行する変態侵攻軍、片や撤退の時間稼ぎをする女性防衛軍。

かくして、山間部の小さな町で、性欲と貞淑を懸けたアホな戦争が始まるのであった。

◇　◇　◇　◇　◇　◇　◇

ファーフラン大深緑地帯の上空を飛行する小さな影。

背中の開いたゴスロリ衣装から翼を拡げ、高速で空を駆け抜ける。

それはまるで一筋の流星。

かつて邪神として封印され、再びこの世界に復活を遂げた女神、アルフィア・メーガスであった。

「ふむ……随分と地脈の魔力が滞留しておるな。アカシックレコードから情報を得ていたとはいえ、これは酷《ひど》い。生物が異常進化するわけじゃや、この世界の全ての魔力が宗教国の首都【マハ・ルタート】を中心に集まっておる。これが元に戻るにはしばらく時間が掛かりそうじゃな……」

所謂《いわゆる》、現地調査。

ファーフラン大深緑地帯は多くの生物が生息する地だが、魔力濃度が高すぎて生態系に異常をきたしていた。

非常識なまでの力を保有した変異生物が弱肉強食の理《ことわり》の中、強者を食らい、あるいは食われながらも生息しており、一匹だけでも国一つ簡単に滅ぼせるレベルの生物すら存在する。

今も目の前で口から極太のレーザーを放つ生物が、広大な森を焼き払っている。

しかし、植物もまた尋常ではない生命力を持ち、薙《な》ぎ払われた森が瞬く間に緑に覆われていった。

『魔力の枯渇した地は簡単には元に戻るまい。龍脈から強制的に流れを変え集められたのじゃ、地下の龍道は既に塞《ふさ》がり、新たに開くには数百年は必要となる。問題は……』

勇者召喚魔法陣が消えた現在、この森に堰《せ》き止められた膨大な魔力が他に流入していくことになる。人が住む領域もまた森に覆いつくされ、生物も異常進化していくことになるだろう。

別に人間が滅びても世界にはなんの影響もないが、四神のせいで人類が滅びるのだけは看過できない。その滅びは自然の中で行われたわけではないからだ。

因果も歪んでしまっているので、死者がどんな化け物に変質するか分かったものではない。

今すぐにでも森羅万象の摂理を正常な状態に戻さねばならない。

『だが、我にはその力が使えぬ。一つでも封印が解ければ楽なのじゃが……』

力はあるのに行使できない。

【地】に属する力の封印が解ければこの領域を元に戻せるのだが、異常進化した生態系を戻すには全ての封印が解かれねばならない。

『どうしたものか……ん？』

わずかに感知した懐かしい力の波動。

懐かしいといっても思い出深いものではなく、真逆の忌々《いまいま》しい存在のものであった。

幼き少女の顔から瞬間的に表情が消えたかと思うと、すぐに冷たい笑みが浮かぶ。

それは歓喜。

それは憎悪。

この時をどれほど待ち望んだことか。

彼女の移動速度は音速——いや、物理法則を超えた。

それを発見したのは一瞬だが、記憶にあるその姿は決して忘れることなどない。

なにしろアルフィアが捜していた一柱なのだから。

歪む空間の中、彼女は無造作に手を伸ばし掴《つか》む。

「貴様、捕らえたぞ……」

アルフィアの右手には碧《みどり》の髪をした少女の細く白い首が握られていた。

空間を捻《ね》じ曲げ突然現れたアルフィアに、驚きの表情を浮かべる少女。

手から伝わる鼓動から戸惑いのような感情と、同時に恐怖を感じていることが分かった。

「見つけたぞ……風の女神。いや、風の妖精王」

「……だ、だ……れ………」

「我を封じた後も召喚を続けるとは、世界を滅ぼす気だったのか？　だが、貴様らの愚かさが我の復活に繋がるとは、なんとも皮肉な話ではないか」

驚愕《きょうがく》に、少女の目が大きく見開く。

四神の中で最速を誇る大気を司《つかさど》る風の女神【ウィンディア】。

その至高の存在が恐怖で顔を歪ませた。

「……まさか、本当に……邪神？」

アルフィアは何も答えず、ただ酷薄な笑みを浮かべる。

数瞬の後、ウィンディアはなにかに気付いたように言葉を続けた。

「……て、転生…者ね………奴等が、お前を……」

「知ったところで無意味なことよ。さて、まずは貴様から管理権限を奪い、【火】と【水】……。喜べ、貴様が最初の犠牲者じゃ。封印される苦しみを我が直々に教えてやる。ククク……」

物質世界の時間の流れは、高次元生命体にとっては地獄でしかない。

元より時間という概念から外れたアルフィアにとって、時間に縛られるのは苦痛以外の何物でもないのだ。封印されている間どれだけ四神を呪い続けたか分からない。

無論、一次的に時間の流れの中に身を委ねるのは悪くはない。しかしその時間が千年規模ともなると想像を絶するものとなる。分身を物質世界に送り込むのとはわけが違うのだ。

それ故に【ソード・アンド・ソーサリス】の世界を異世界と認識できず、感情任せに行動してしまったが、それも過去のことである。

「神器もなく、貴様らに我を止める術《すべ》はない」

「……なんで知って！」

「権限はなくとも我はこの世界の管理者じゃぞ？　過ぎた時間を見ることなど造作もないことよ。さて、長話は終わりじゃ。管理権限を返してもらう」

右手でウィンディアを束縛したまま、左手で手刀を作る。

ウィンディアは恐怖の表情で抵抗するが、アルフィアは気にするそぶりも見せない。

「ククク……無様よな。神などと僭称《せんしょう》しておきながら、この程度とは……」

そう言うと、無表情のままウィンディアの腹部に手刀を突き入れる。

同時に自身の力を流入させ、管理権限の一部を活性化させた。

「アアアアアアアアアアアアアアアアアアアアッ!!」

「喚《わめ》くな、鬱陶《うっとう》しい。しかし、よくもこれほどコンパクトにしたものよ。我が創造主は能力だけは一流か……。なぜこんな輩《やから》に管理を任せたのか理解に苦しむ」

霊質的な球体の中に膨大な情報を収めた力、それが管理権限の情報マテリアルであった。

その中身を解放し自身に取り込んでいく。

同時に今まで使えなかった力の一部が解放され、いかにして世界を管理するのかはっきりと理解した。それでも四分の一程度ではあるが。

他の能力にもロックがかけられており、全てを揃えなければ完全な管理者として力を行使することはかなわない。事象を操作するほどの力もまだ使えないようであった。

『まぁ、一つでも解放されれば僥倖《ぎょうこう》じゃな。さて……』

用済みとなったウィンディアを無造作に放り投げる。

もはや彼女は神ではなくただの妖精王。力も減衰していた。

「闇の中で他の連中が来るのを待っておるがよい。永久《とこしえ》にな……」

「……や、やめ……」

「――永劫《えいごう》の闇へと堕《お》ちろ!」

一瞬で魔法陣が展開し、深淵《しんえん》よりも暗い闇がウィンディアを捕らえ大地に飲み込んでいった。

残りは三柱、アルフィアは神としての復活に幸先のいいスタートを切ったのである。

「終わったか……待ちわびた瞬間じゃったのに、始めてみれば意外とあっけないものじゃな」

そんな感傷的なことを言うアルフィア。

先ほどまでの冷たく張り詰めた雰囲気はすっかり消えており、口調も普段のものに戻っている。

「むぅ、聖域までの転移が可能となったが、入ることはできぬか。面倒なプロテクトを施しおって、創造主は我に何か恨みでもあるのか？」

他の三神が聖域にいる以上、内部に入れないのは痛いところだ。

これでは、女神達がのこのこ現れるのを待つしかない。

となると、暇になるのでどうしたものかと思案する。

「うむ、やはり嫌がらせじゃろうな。問題はその方法じゃが、何か良いものはないじゃろうか……」

アルフィア・メーガス。彼女もなかなかにいい性格をしていた。

そんな絶対の女神様は『夕飯までに帰らねばのぅ、ルーセリスに心配されてはかなわぬ。なによりあの者の料理は美味《うま》い』と呟《つぶや》くと再び大空を飛翔《ひしょう》する。

どうでもいいことだが、今夜のおかずはハンバーグらしい。

アルフィアは食に対して意地汚かった……。

◇　◇　◇　◇　◇　◇

それは、突然に彼女の目の前に現れた。

風と大気を司る女神【ウィンディア】は何の前触れもなく唐突に首を掴まれ、凄まじい力によって強制的に動きを止められた。

頭部に白銀の角を生やし、背に十二の翼を持つ存在に……。

「貴様、捕らえたぞ……」

人間には肉眼で観測できない速度で飛行していたのにもかかわらず、空間すらも捻《ね》じ曲げて現れた存在に簡単に動きを封じられ、ウィンディアは驚愕のあまり上手く思考が働かない。

分かることは、目の前の存在が尋常ではない力を持っている存在であるということだけだ。

「見つけたぞ……風の女神。いや、風の妖精王」

「……だ、だ……れ………」

「我を封じた後も召喚を続けるとは、世界を滅ぼす気だったのか？　だが、貴様らの愚かさが我の復活に繋がるとは、なんとも皮肉な話ではないか」

理解ができない。

いや、正確には理解していたとしても認めたくない存在だった。

なぜなら、その存在は既に異世界にて消滅していたはずだからである。

だが、放たれる尋常ではない力の奔流と重圧が、嫌でもその存在の正体を理解させた。

「……まさか、本当に……邪神？」

可能性としては考えていたが、まさか現実になるとは思ってもいなかった。

邪神を蘇《よみがえ》らせるなど、およそこの世界に住む者達には不可能だ。

なによりも邪神は異世界を渡るときに通過した神々の箱庭に捨ててきた。

その時――ウィンディアは邪神が復活できた理由に辿《たど》り着く。

「……て、転生…者ね………奴等が、お前を……」

「知ったところで無意味なことよ。さて、まずは貴様から管理権限を奪い、【火】と【水】……。喜べ、貴様が最初の犠牲者じゃ。封印される苦しみを我が直々に教えてやる。ククク……」

ここにきて、ウィンディアはようやく外側の神々が何を狙っていたかに気付く。

外なる神々の思惑は、自分達四神の現在の地位の簒奪《さんだつ》であり、邪神を復活させてこの世界の管理を任せることだったのだ。

外の神々は、他の神が管理する世界に干渉することは原則許されない。

だが、邪神は元からこの世界の神であり、送り込んだ転生者がこの世界で邪神を復活させ、その邪神が自ら動けば何も問題がない。定められた神々の法に抵触することはなく、外の神々は事をなすことができるのだ。

つまりウィンディア達四神は用無しとみなされたことになり、容赦なく実行された断罪に恐怖を覚えた。

「神器もなく、貴様らに我を止める術はない」

「……なんで知って！」

「権限はなくとも我はこの世界の管理者じゃぞ？　過ぎた時間を見ることなど造作もないことよ。さて、長話は終わりじゃ。管理権限を返してもらう」

ウィンディアは恐怖で必死に抵抗するが圧倒的な力で捕縛され身動きが取れない。

邪神はその抵抗を嘲り、侮蔑《ぶべつ》し、塵芥《ちりあくた》として捉えているようであった。

「ククク……無様よな。神などと僭称しておきながら、この程度とは……」

その直後――一瞬のことで何をされたのか分からなかった。

気がつくと、邪神の手刀がウィンディアの腹部を貫通していた。

「アアアアアアアアアアアアアアアアアアアアアアアッ!!」

「喚くな、鬱陶しい。しかし、よくもこれほどコンパクトにしたものよ。我が創造主は能力だけは一流か……。なぜこんな輩に管理を任せたのか理解に苦しむ」

ウィンディアの体から、急速に力が抜けていく。正確には奪われていく。

同時に邪神から放たれる膨大な力の圧が急速に増していくのを感じた。

霊質的な球体に収められた情報マテリアルを奪われ、ウィンデイアは神の座から零落し、ただの精霊王に落とされた。元に戻ったというべきなのかもしれない。

邪神はもう興味はないとばかりにウィンデイアを無造作に放り投げた。

疲弊した今の状態では受け身をとることすらできず、地面へと叩きつけられる。

「闇の中で他の連中が来るのを待っておるがよいぞ。永久《とこしえ》にな……」

「……や、やめ………」

「――――永劫の闇へと堕ちろ！」

一瞬で魔法陣が展開し、深遠よりもなお暗き闇がウィンデイアを引きずり込んでいく。

『死にたくない』

必死に抵抗するも、神の力を失ったウィンディアには抗《あらが》うことすらできず、絶望を抱きながら闇の中へと堕ちていった。

自分を天高くから睥睨《へいげい》する邪神の顔を見つめながら――。

第十話　おっさんは捜査中で、覗き魔達は不幸になる

魂と灰で構成された黒い霧は、森の中を移動していた。

勇者達の魂は困惑し、逆にある人物の魂は喜悦に打ち震えている。


『クッ……なんでこんなことに……』

『このおばさんに乗っ取られてるみたい!?　なんでぇ!?』

『なんで制御が……』


異変を感じたのは魔物を襲い精気と血液を吸収しているときであった。

突然彼等の意思とは無関係に体（?）が動き出し、森から抜け出し民家を襲い始めたのだ。

その原因がある人物の魂による影響だと判明したのは、集落の人間を全て殺しつくした後だった。


『ウフフフ……分からない？　ヒントはこれまで殺してきた盗賊達よ』

『盗賊だと!?　ま、まさか……』

『アハハハハ、やっと分かった？　民間人に配慮して盗賊を襲ったのが敗因ね、彼等が私に協力

してくれているのよ！』

『『『『!?』』』』

勇者達は自分達の意思とは関係なくこの世界に召喚された。

初期の頃は数え切れないほどの異世界人が召喚されており、その大半が状況も分からずいきなり邪神の攻撃によって消滅させられた。あまりにも理不尽な話だ。

以降も勇者は召喚され続け、政治的に利用された挙げ句に人知れず闇に葬られた。

それ故に彼等はメーティス聖法神国を激しく憎んでいる。

だが、何の関係もない民間人まで殺す気はない。

その程度の倫理観は持ち合わせている。

一人のイレギュラーを除いては……。

『力をつけるのに悪党ばかりを狙うんですもの、私にとってこれほど都合のいいことはないわね。おかげで自由を手に入れられたわ』

『クッソ……こうなったら分離を……』

『へへへ……無駄だぜ、兄ちゃんよぉ～。この体とお前等の力は俺達がいただくぜ』

『よくも俺達を殺してくれたな……。今度はお前等を利用させてもらうぜぇ？』

霧の魔物は基本的に霊体が中核をなしており、複数の霊体が同調することで物質を操り、霊体では触れることのできない物体に触れることができる。

そして注目するべきは同調の部分だ。

元勇者達の魂は基本的に善人。無論怒りや復讐心《ふくしゅうしん》などを抱くこともあるが、彼等は共通の意識の元に協力し合っている。

なら、同じことを悪党の魂同士でできるのではないか？

自由を得るために観察していたシャランラは、盗賊を襲う度に彼等の魂を確保し協力を求めたのだ。また、悪霊は負の妄執が多いほど力が高まる。

勇者達の憎悪も悪霊達に力を与える結果に繋《つな》がった。

その結果、元勇者達の群霊はシャランラ達に乗っ取られてしまった。


『あんた達よりも盗賊の魂の数が多かっただけよ？　自分達の浅はかな考えで力を得ようとしたのが敗因ね。ホント無様、アハハハハハハハハハ』

『このババァ……』

『なんてことだ……』

『マズイ……このままでは不必要な犠牲者が……』

『誰かを殺すのに善悪なんて関係ないのよ？　殺せばただの人殺し、あんた達は私と同類。もう同じモンスターなんだから仲良くしましょうよ』

『『『『ふざけんな!!』』』』

『そう？　まぁ、嫌でも付き合ってもらうけどね。あら、向こうから美味《おい》しそうな魂の気配がするわね。近くに町があるみたいだわ、行くわよ』
『『『『『へイ、姐《あね》さん!!』』』』』

勇者達は何も言えない。

目的のためとはいえ、他者の命を奪い続けていたのは事実だからだ。

しかし、このままでは普通に生きている人々が、この悪党達に食われてしまう。

これは元勇者達が望んだことではない。

だが、勇者達が獲得していたスキルによって、悪霊化したレギオンはかなりの移動力を獲得していた。肉体がないので魔力消費の激しいことだけが救いである。

この弱点が長距離の移動時間を大幅に遅らせていたが、既にソリステア魔法王国から出てしまっていた。


『(誰か……コイツらを止めてくれ。このままでは……)』


甘い考えだとは分かっている。

誰かに頼る資格がないのも重々承知していた。

それでも元勇者の魂は願わずにはいられない。

自分達以上の邪悪な存在を止めてくれることを――。

◇　◇　◇　◇　◇　◇　◇

軽ワゴンで森の中を走り抜けると、ちょうど開けた場所に出た。

明らかに開拓の痕跡があり、切り倒された木々や切り株が確認できる。

「……ここら辺から徒歩かな？」

「かなり無茶をして森を抜けてきたんだけど……。車体が傷だらけだぞ？」

「間に合っていればいいんだけどねぇ……」

「俺の話を聞く気がねぇだろ……。んで、その不法移住者の村はどの辺りなんだ？」

「ちょい待ってくれよ。どれどれ……」

その場で地図を拡げ、コンパスで方向を調べる。

正体不明の魔物は人間を襲い体内から血液を抜き去る。

どのような魔物かはある程度想像がつくのだが、今のところ確証は一つもなく断定するには物証が少なすぎて危険なため、不測の事態だけに重点を置きながら慎重に行動する。

「もう少し西に行ったところだね。しっかし、メーティス聖法神国は内政が上手《うま》くいっていないのかねぇ？　難民が出る時点で国として終わりだろうに」

「名ばかりの聖職者と賄賂が横行する国だから、国民のことなどお構いなしに税収を上げてんのさ。ついでに獣人族との戦争で負け続け、遺族にも見舞金も払わないといけない」

「なるほど……今までイケイケだったのに、いきなり強力なパンチを食らってKO寸前ってところかな？　まぁ、ブロス君が相手じゃねぇ～……」

「物価も高いらしいぞ？　田舎の方だと妖精被害もハンパないそうだ」

妖精とは享楽的な性格を持つ半霊体の生物だ。

悪質な悪戯《いたずら》をしては人間の生活を脅かすため、ある意味害虫扱いの種族である。

何しろ悪戯の中には人間を殺すほどのものがあり、人が苦しみ嘆く姿すらコントを見ているかのようにゲラゲラと嘲笑《あざわら》う。こんな生物は駆除したほうがよいとゼロスも思っている。

問題は、メーティス聖法神国がこの妖精を擁護していることだ。

「田舎の農民はさぞ苦しんでいるんだろうねぇ……。可哀想《かわいそう》に」

「同感。そんなことよりも先を急ごうぜ、手遅れになったらどうすんだ？」

「どうにもならんでしょ。難民は不法滞在者で土地も不法占拠だよ？　たとえ皆殺しになっていたとしても、ソリステア魔法王国は関知しないと思うねぇ」

「ひでぇ……」

「国籍をソリステア魔法王国にすればいいんだけど、それはメーティス聖法神国が許可しないでしょ。下手すれば外交問題だ」

「マジで酷《ひで》ぇ……」

色々と話をしつつ森を歩き、三十分ほどしてようやく民家らしきものを発見した。

あり合わせの廃材などで作られた家だが、そこにはまるで人の気配が感じられなかった。

「……ゼロスさん」

「あぁ……どうやら、既に手遅れのようだ。とりあえず手分けして民家を調べてみよう。警戒は怠らないように……」

「了解」

名もなき村は酷《ひど》い有様だった。

老若男女問わず全ての人間がミイラ化しており、生存者がいるとは思えなかった。

森へ逃げ込もうとした者もいるようだが、追いつかれて殺された痕跡が窺《うかが》える。現場の状況から少なくとも事件発生から一日くらいは経過しているであろう。

「マジか……。もしかして夜襲を受けたのか？　逃げ出したと思われる被害者の数が少ないし、襲われるまで誰も気付かなかったとか？　んな馬鹿な」

家のほとんどは内側から鍵がかけられており、誰かが侵入した形跡はない。

しかし、大半の村人が家屋の中で殺害されている。これは異常なことだ。

『シャドウ・ダイブ？　いや、この状況は……。もしかして実体がないのか？　そう考えるとこの状況に辻褄《つじつま》が合うんだが』

魔物の中にも【シャドウ・ダイブ】が使える種はいるが、獲物を襲った段階で騒ぎになる。

バラック小屋のような集落でも、騒ぎが起これば誰かしらが気付き逃げ出すだろう。

しかし、ほとんどの被害者は襲われたことすら気付かず、寝たまま殺されミイラ化していた。

森で殺された者達は偶然に現場を目撃し、慌てて逃げたと推察できる。

「やはり霊体と考えたほうがいいかねぇ。確認できただけでも上々とみるべきか、被害者には申し訳ないけど……」

遺体を見つける度に両手を会わせ、冥福を祈る。

宗教は違えども死者に哀悼の意を示すことも忘れない。おっさんは日本人なのだ。

「駄目だ、生存者はいない……。子供も容赦なく殺されていた」

「やっぱり……これは精気を奪うのが目的か。血を奪うのは、霊体が生物に干渉するための媒体と考えるべきかな？」

「状況から推測できるだけマシか。こうなると、メーティス聖法神国方面に向かったのか？　だとすると一度報告に戻るべきなのか？」

「そうだねぇ……どうしよ」

この村から先はメーティス聖法神国の土地だ。

デルサシス公爵の依頼とはいえ、他国に無断で侵入するのはマズイ。

しかし正体を掴《つか》まなければこの依頼は失敗ということになる。

「仕方がない……お隣の国に侵入しますか。民家を襲ったということは、ここから近い村か町を更に襲う可能性が高いからねぇ」

「そうだな……で、ここから何で行くんだ？　俺の軽ワゴンではこの先の森は抜けられねぇぞ。作り直したエア・ライダーか？」

「【驚天動地号】かぁ……。アレはまだ使えないんだよねぇ」

「なんで？　それ以前になんでそんな名称をつけた？」

「質問が多いよ。名称はなんとなくで、すぐに使えない理由がまだ不完全だからだよ。魔力タンクも空だし、調整もしていない。ちなみにバイクも同様さ」

「じゃぁ、どうすんだ？」

「走っていくしかないでしょ。若いんだから体を動かさないと、鈍《なま》るだけだよ」

「森の中をランニングで突っ切るのか？　マジかよ……」

文明の利器になれたアドは、魔物がうろつく世界の森を走り抜けることに難色を示す。

悲惨な事件現場で馬鹿なことを言っていた罰であろうか、突然周囲の魔力が異常に高まる気配がした。同時に周囲の温度が下がっていく。

「アド君！」

「これは、まさか……」

臨戦態勢に入った二人。

それを確認したかのようにミイラ化した村人が一斉に動き出す。

「……映画で見たパターンだな」

「三流でも一流でも、死体が動くのはお約束だからねぇ……」

死体が動き出す現象はファンタジー世界ではおなじみだが、実際にそれを目撃したのはアドも初めてのことだった。

ゼロスはイーサ・ランテでスケルトンを目撃しているので、さほど驚いた様子はない。

この手の魔物は、霊質的な存在が屍《しかばね》に取り憑《つ》くことでゾンビとなり、生者の魔力や魂に惹《ひ》かれ襲い、精気《魔力》を奪う性質を持っている。

森などでは、こうしたゴーストと似た性質の霊体が生まれやすく、特に魂の残滓《ざんし》が残っている遺体には確実に集まってくるので、アンデッドになる条件が整いやすいのだ。

しかし、これほど一斉に動き出す話など聞いたことがない。

「……妙だな。けど、そんなことも言ってられない状況かぁ～」

「火葬したほうがよくね？　このままモンスターとして徘徊《はいかい》したら、あの人達も浮かばれないだろ」

「だねぇ～。燃やしてさっさと次に行くとしますか」

程なくして、国境近くの森の中で煙が立ち上る。

その後、騎士団がその異変を知り確認しに行ったが、残されたのは無人の家屋だけであったという。

彼等が来る頃には既にゼロスは国境を越え、メーティス聖法神国に向かっていた。

無論、駆け足で――。

◇　◇　◇　◇　◇　◇

時間は少し戻り、リサグルの町の大衆浴場。

相変わらず、覗《のぞ》きを敢行する野郎共と、防衛に専念する女性客との熾烈《しれつ》な戦いが続いていた。

『クソッ、氷結魔法は卑怯《ひきょう》だぞ！』

『うっさい！　入浴時を狙って覗こうとする卑劣感に言われたくないわ!!』

『ロリ……ロリはどこだ……』

『熟女……やや肥満気味のぽっちゃり美人ならなお良し！』

『いやぁあああああああっ、マニアックな人がいるぅ!?』

『美少女には興味ありません。老婆《ろうば》を出しなさい！』

『なに……あの人。顔はイケメンなのに……』

風呂桶《おけ》や石鹸《せっけん》、ついでに魔法が飛び交い、魔法障壁が展開し、温泉は凍《い》てつき、冷風が激しく巻き起こり、ときに拳や蹴りが乱舞する。

仕切りの壁は半分近く破壊され、もはや男女の浴場を分ける意味をなさなくなっていた。

男共は大きく開いたその穴に押し寄せ、女性達は必死の防衛をしている。

これはもはや覗きではなく、女性に襲いかかる暴漢に見えても仕方がないだろう。

しかし彼等はあくまでも覗きにこだわり、決して女性陣に手を出すことはなかった。ある意味では紳士でもある。

そんな大騒ぎの中で、男湯のサウナに入っていたイザートとサーガスは、扉を開け出てきた瞬間に硬直した。

「……サーガス殿、これは？」

「なんじゃろうな？」

どう見ても、男共が壁を破壊し女性を襲おうとしており、もはやただの覗きと言い訳ができる状態ではない。

そして、サーガスはこうした状況を逃さない。

「ふむ、この場合は男共の方が悪いと見るべきじゃろうか？」

「そうですね。女性達は必死に抵抗しているようですし……」

「つまり、殴ってもかまわないわけじゃな？」

「……えっ？」

イザートがサーガスを振り返ったときには、老魔導士は天高々と飛び上がっていた。

凄《すさ》まじい跳躍力である。

「ヌハハハハハハハ、食らえぇ悪漢共ぉ!!」

そのまま勢いに任せて蹴りを放つ。

不意をつかれた男達は悲鳴を上げる間もなく吹き飛ばされ、何が起きたのか知ることもなく気絶した。

「なんだ、この筋肉ジジィ!?」

「上から降ってきたぞ!?」

「何者だ!?」

「ただの魔導士じゃよ。見て分からぬか？」

「「「「「分かるかぁ!!」」」」」

サーガスの肉体は、魔導士というよりどう見ても歴戦の戦士にしか見えない。

老体とは思えぬ伸びた背筋と長身、体に刻まれた無数の傷跡、なによりも鍛え抜かれた筋肉は戦士でも感嘆の溜息《ためいき》を漏らすほどであろう。

キレていた。

キレまくっていた。

戦いの中で鍛え抜かれた肉体は、惚《ほ》れ惚《ぼ》れするほどに美しかった。まさに野生の猛獣！

魔導士と言われて信じるには、さすがに無理がある。

「貴様達は全員仕留めさせてもらうぞ。世話になっておるお嬢ちゃんと、儂《わし》の趣味のために」

「最後がなんかおかしいぞ!?」

「趣味ってなんだ!?」

「決まっておる。お主等のような馬鹿共を血祭りに上げることよ。無防備な女を襲うような愚か者を、合法的に殴り飛ばせるのじゃ。こんな楽しいことはあるまい？」

そう、ここはもはや猛獣の狩り場。目をつけられた時点で既に詰んでいる。

「に、逃げ……」

「遅いわぁああああああああああっ!!」

「「「ゲボラァアアアアアアアアアアアッ!!」」」

太く長い脚から繰り出された回し蹴りは、数人を巻き込んで壁際までぶっ飛ばした。

しかも衝撃波によって周囲の男達は宙を舞い、湯船にそのまま落下し、間歇泉《かんけつせん》の如く水柱を立ち上げる。

「なんじゃ、だらしのない。もっと儂の筋肉を喜ばせてみよ」

「「「「いやだぁああああああああああああっ!!」」」」

そこから始まる蹂躙《じゅうりん》劇。

ひしめき合って逃げ出すは、世にも恥ずかしい犯罪者達。

馬鹿者達への断罪が始まった。

『あのツボを妻に押さないでくれ、アレは経絡秘孔だぁあああっ!!』

『女体バンザ――――――イ!!』

『彼女が……欲しかった……』

愚か者達が最後に見たものは、自身が宙を舞いスローモーションで落下していく光景だった。

その後の記憶は全くない。

彼等は全員気絶したところを捕縛され、衛兵に連行されていった。

これだけのことをして説教だけで済んだのは幸いとみるべきか、なんにしても彼等は帰るまで町の住民から白い目で見られた。大衆浴場を壊したのだから当然の報いだろう。

余談だが、エロムラ君達はどこかの団長の最後のようなポーズで倒れていたという。

「……ん？　誰もいない」

一方、アンズはこの馬鹿騒ぎの間、浴槽の中でずっと水遁《すいとん》の術の訓練をしていた。

お湯の底から上がってみれば女湯には誰もいなくなっており、不思議そうに首を傾《かし》げるのであった。よくのぼせなかったものである。

◇　◇　◇　◇　◇　◇

馬鹿騒ぎが終了したことを知らないツヴェイトは、露店で一口饅頭《ひとくちまんじゅう》を購入し舌鼓中。

甘いものはあまり好きではないが、この餡《あん》というものは気に入った。

『この風味は豆か？　素材独特の甘みと砂糖……この素朴な味わいは俺に合うな』

晩餐会《ばんさんかい》などの社交の場で出される菓子は甘すぎて、ツヴェイトもあまり食べたいとは思えない。

しかし饅頭の素朴な味わいは別で、それなりの量を食べることができた。

貴族としては作法に問題があるが、こうした食べ歩きは昔からやっていたので今さら気にすることもなく、気軽に饅頭を口に運びながら歩いていた。

「アイツらは今頃どうして……ブッ!?」

「どいた、どいたぁ!!」

友人達が今頃どうしているかと思ったツヴェイトは、前から衛兵達に担架で運ばれてくる者達の姿を見て、思いっきり吹き出した。

何しろ運ばれているのはエロムラ、更に同じウィースラー派の仲間達だったのだ。

大衆浴場で何が起きたのか分からず、一人呆然《ぼうぜん》と立ちすくむ。

「マジで何をやらかしたんだ？　アイツら……」

更に見知らぬ男達が乗せられた担架が通り過ぎ、何やら大事《おおごと》になっていると直感した。

しかし馬鹿な真似を始めたのはエロムラ達で、同時に『こってり絞られたらいいんじゃね？』という考えも脳裏に浮かぶ。罪に罰は常識なのだから。

なによりも覗きは犯罪である。

「まぁ、いいか……」

ツヴェイトはあっさり仲間と護衛を見捨てた。

そして一口饅頭を口に放り込み、異国の建築物を物珍しげに眺めながら、宿に戻る道を歩く。

よそ見をしていた彼は、前方から近づいてくる集団に気がついていなかった。

◇　◇　◇　◇　◇　◇　◇

大衆浴場での乱戦を終え、露店がひしめく通りを歩いていたクリスティン達は、揉《も》めに揉めていた。

「なんで……あんなことをしたんですか！」

「ん？　覗き魔だったのじゃろ？　ならば成敗したところで文句はなかろう」

「やりすぎです！　先生は少し手加減をしてください。重傷者はいませんでしたが、怪我人だらけじゃないですか。僕が説明しなきゃいけなくなるんですよ？」

「お嬢様は当事者なのだから、仕方がないでしょう。私も付き合いますので、後で衛兵のところに行き、なるべく早く事情聴取を終わらせるとしましょう」

「別にいいではないか。風呂場で覗き見するような卑劣な者共など、死んだところで誰も困るまい」

「先生!?」

老魔導士はなかなかにバイオレンスな人だった。

元より実戦至上主義者の老人なので、犯罪者に自分の戦術を試すことに抵抗がない。

盗賊がいれば嬉々《きき》として向かい、魔物が現れれば得物を片手に吶喊《とっかん》し、不埒《ふらち》な者がいればその場で殴り飛ばす。

只《ただ》でさえ武闘派なのに、そこに魔法が加わるのだからタチが悪い。

「クリスティンよ、強くなるには実戦しかない。鍛えられた肉体と経験に基づく戦術。適切な頃合いで魔法を使い、いかにして相手を倒す術を構築するか。それが儂の研究なのじゃよ」

「魔導士というより、戦術技官みたいですね」

「儂の学生の頃は、魔導士は戦術技官になれなかったのじゃよ。最近は情勢が変わって魔導士も肉体を鍛えておるとか……。未練が残るのぉ～」

サーガスは魔導士も近接戦闘術を学び、騎士と共に前戦に出るべきと昔から考えていた。

しかし、当時は魔導士の数も少なく防衛の要《かなめ》との認識があったので、前線で剣を振り回しながら魔法を使うという戦い方は邪道と言われていた。

元より魔導士に貴族の跡取りが多かったのだからなおさらである。

もっとも、彼の若い頃は重度のめんどくさがりで他人と議論を交わすのをサボり、戦術論のレポートを学院に提出しなかった結果、昼行燈《ひるあんどん》という異名がついてしまう。

その不名誉な異名すら訂正もせず、人付き合いをおろそかに肉体鍛錬と研究を続け、異名は完全に定着してしまい、普段の粗暴な態度も問題視され国軍への推挙すら逃し現在に至る。

それ以降、各地を放浪し様々な経験を積んできたが、時代の流れで自分の研究の正しさが証明され、今では多くの貴族や騎士団からの誘いがくることになった。

それは嬉《うれ》しいことなのだが、今思い返してみると他にもやりようがあったのではと未練が残る。

「……いい時代になったのぅ。嫉妬から、思わず全てを叩《たた》き壊したくなるほどに」

「やらないでくださいよ、先生!?」

「お嬢様、前を見て……」

「きゃぁ!?」

「うぉ!?」

倒れそうになったクリスティン。

だが、彼女の腰のあたりを力強い腕が受け止め、転倒するところを免れた。

この時ようやく誰かとぶつかったのだと気付く。

「す、すまない。少しよそ見をしていた……」

「い、いえ……こちら、こ、そ……」

抱き合いながら互いに見つめ合う。

既にお分かりだろうが、ぶつかったのはツヴェイトである。

二人は一瞬の時間の中で、脳天を稲妻のようなものが走るのを感じた。

『か、可憐《かれん》だ……』

『あっ、なんて凛々《りり》しい……』

互いの顔が熱を持ち、今まで感じたことのなかった感情が心の中を占め、心臓が早鐘の如く激しく鼓動する。

二人の間に何やらピンク色の空気が流れていた。

「のぅ……いつまで抱き合っておるつもりだ？」

「お嬢様に不埒なことをする気ではないだろうな？　仮にそうであれば斬り捨てるぞ」

「うぉわぁ!?」

「あぅ……」

同時に距離を取る二人。恥ずかしさのあまり言葉が出ない。

妙な空気の中、サーガスだけはツヴェイトを見て首を傾げていた。

ツヴェイトの顔になぜか見覚えがあるのだ。

『……どこかで見たような、懐かしい顔じゃな。はて……どこで…………むむ、もしや！』

かつてのライバルの顔がツヴェイトと重なり、その面影だと理解したことで目の前の青年が何者

であるか気付いた。

「お、お主……まさか、クレストンの孫か？」

「御爺《じい》様を知っている？　アンタは……」

「サーガスと言えば分かるかのぅ。昔、ヤツとは何度も拳を交えたわい」

「サーガス？　サーガス・セフォン師か!?　あなたが書いた書籍は俺も読んだことがある！　ウィースラー派の戦術基礎研究の重要な資料として、いつも参考にさせてもらったほどだ！　マジか、こんなところで出会えるとは……」

思わぬところで尊敬する魔導士の一人に出会い、さすがのツヴェイトも興奮を隠せなかった。

ウィースラー派は常に新しい戦術を探し、あらゆる文献や歴史的戦争で使われた戦術を解き明かし、時代に合わせ改良して作戦に生かすことを目的に活動している。

主に集団戦闘での魔法戦術がどれだけ戦闘を有利に進めるか、大局的な場面から小規模の局地戦まで、あらゆる事態を想定して有効な一手を模索するのだ。

無論、状況に応じて戦場は変化するが、それを踏まえてあらゆる可能性を追求するサーガスの研究論書は、今では重要な資料として価値が高まっていた。

「クレストンの研究は、内政も交えた要塞《ようさい》都市の防衛戦術論だったしのぅ。儂のように組織改革をせねば使えぬようなものではなかった。本当に時代が変わったものだ……」

「あっ、申し遅れました！　お、俺は……いや私はソリステア公爵家の長子で、ツヴェイト・ヴァン・ソリステアと言います!!　お会いできて光栄です」

「ヤツの孫にしては物分かりがいいな……。いい跡取りを持ったものじゃて……」

「恐縮です」

珍しく緊張するツヴェイト。

現在のウィースラー派に属する魔導士は、心身を鍛え常に戦いに備えるということを実践しており、その参考に用いているのがサーガスの研究を記した書籍なのだ。

特に、基礎能力を上げる訓練方法や小規模の組織戦論は学院生にとって有用で、ラーマフの森で行われた実戦訓練の時も魔物相手に用いたほどである。

ツヴェイトはゼロスによって強制的に能力の底上げがなされたが、他の学院生達はサーガスの本に載っていた訓練法を使って効率的に鍛えていた。

まぁ、いきなり強力な魔物が生息する土地でのサバイバルは、無茶を通り越している。

下手をすれば死人が出てもおかしくないので、訓練としては不向きであろう。

「クレストンのヤツは息災かのぅ？」

「元気ですよ。孫娘を非常識なほど溺愛するくらい……」

「溺愛？　ヤツは過保護なのか？　いつも自分を律している堅苦しいヤツじゃったが……」

人は色々な意味で変わる生き物である。

「サーガス師は今どちらの宿に？　時間があれば色々と話を伺ってみたいのですが」

「今回は休暇でのぉ、そこのクリスティンの護衛も兼ねておる。休暇中は小難しい話を抜きにしたいものじゃて」

「では、現在どちらにお住まいなのでしょうか？　ぜひとも俺の研究の意見をお聞かせ願いたい」

「学院生の研究レポートかね？　儂の若い頃はサボっておったが、真面目じゃのぅ。今はエルウェル子爵家で家庭教師をしておるよ。当然、魔法のじゃが……」

「エルウェル子爵家……。確か、当主が盗賊討伐の際に毒矢を受けたとか。父も惜しい人を亡くしたと嘆いていたな。優秀な騎士だったとか……あっ、すまない。不謹慎だった」

うっかり不謹慎なことを言ってしまったと慌てるが、クリスティンはむしろ誇らしそうであった。

「いえ、父もデルサシス公爵に惜しまれるのなら本望でしょう。残念ながら僕は父ほどの才能はありませんが……」

「アレは本当にクレストンの息子か？　儂は恐ろしい男じゃと感じたが……」

「親父のことは俺も分かりませんよ。裏で何しているのか不明ですし、俺以外にも兄妹が何人いるのやら……」

「デルサシス公爵閣下は、色々と噂《うわさ》がありますからな。家族としてもなにかと思うところもあることでしょう。お察しします」

イザートも同情を示す。

イザートの言い方は不敬罪になりかねないが、この程度でデルサシスは揺るがない。むしろ笑って済ませてしまう余裕を見せるだろう。

優秀なのは間違いないのだが、デルサシスはなにかと謎の多い男なのだ。

「いや、俺もマジで親父が何者だか知らねぇんだ……。よく領地の内政と商売、ついでに裏社会と派手な戦争ができるもんだ。そんな時間を作る能力が凄《すげ》ぇ……」

「苦労しておるのぅ」

サーガスもデルサシスと会ったことはあるが、得体の知れない不気味な気配を漂わせ、底知れぬ恐怖すら感じた。一種の化け物だとすら思っている。

ツヴェイトが次期公爵として超えるには、あまりにも高い存在であり不憫《ふびん》にすら思う。

「そんなに凄《すご》い人なのですか？　一度だけお会いしましたけど、僕には器の大きな方だとしか……」

「その器が問題なんだと俺は思う。底が見えねぇし、恐ろしく頭が切れる。絶対に超えられない壁を感じるほどだ……」

「自分自身の意志を貫くほうがよいと思うぞ？　下手にあの男を超えようとすれば、いずれ心が壊れてしまうじゃろう。超えるべき壁などとは考えぬことよ。何しろ化け物じゃからな」

「サーガス殿にここまで言わせるのか、デルサシス公爵は……」

人の姿をした天災と思ったほうが無難なのかもしれない。

だが、なまじ血の繋がりがあるだけに、ツヴェイトにとっては無視できない存在であった。

「まぁ、なんじゃ……。ここで会ったのも縁じゃ、どこかでゆっくり……」

「あっ、爺ちゃんだ」

「ぬぅ、ウルナじゃと!?　なぜここに……」

「妹の友人なんだが、サーガス師の知り合いなのか？　……いや、ですか？」

「儂の養女じゃよ。娘というには無理があるから、孫として育てた。それと、別にかしこまらんでもよいぞ？」

縁とは奇なるものである。

意外なところに繋がりがあり、さすがに誰もが驚いた。

「ウルナ、いきなり走り出してどうしたのですか……って、兄様？」

「あら、そちらの方はサーガス様ではありませんこと？」

「ん？　サンジェルマン家の小娘ではないか、それに昔クレストンのそばにいたメイドじゃな。相変わらず美人じゃのぅ」

「恐縮でございます、サーガス様……」

そして縁とはときに引かれ合うものであった。

その後、彼等は共に食事をし、世間話に花を咲かせ、今日という一日は終わりを告げた。

余談だが、衛兵に連行されたエロムラやディーオ達は、冷たい牢屋《ろうや》の中で一晩を過ごすことになる。

「ここから出してくれ……」

「なんで俺まで……ツヴェイト、助けて……」

【鼓舞咆哮《こぶほうこう》】の影響を受けた馬鹿者達は、一晩泣きながら助けを求め続けた。

スキル効果による事故とは怖いものである。

そして、別の恐怖もあったとか……。

◇　◇　◇　◇　◇　◇

リサグルに到着していたジャーネとイリスは、小さな宿に宿泊していた。

イリスは一度町を散策したが、今は宿の一室でジャーネと食後のお茶を飲んでいる。

「ジャーネさん、なんか大衆浴場の方で集団覗き魔が出たんだってさ」

「それは怖いな、温泉は宿のものを使わせてもらおう。嫁入り前の肌を、見ず知らずの男に見せたくないし」

「ほんと乙女だね、ジャーネさん……。でも、お饅頭は食べすぎると太るよ？」

「ほっとけ」

この二人だけは騒ぎから外れ、のんびりまったりとした時間を過ごしていた。

彼女達だけは実に平和である。

第十一話　おっさん、再びメーティス聖法神国の地に立つ

集団覗《のぞ》きを実行した、エロムラを含むウィースラー派の学院生一行は、こってり厳重注意されたあと一晩拘留され、翌朝無事に釈放された。

「おつとめご苦労だったな。これからは馬鹿な真似するんじゃねぇぞ」

『『『『『……………』』』』』

半ば呆《あき》れた目を向けて彼等を迎えたツヴェイトだったが、どうも彼等の様子がおかしいことに気付いた。全員が鬱《うつ》気味で乾いた笑みを浮かべていたのだ。

集団痴漢行為に器物破損、普通なら数年は禁固刑に処されるところを、厳重注意だけで済み刑罰

も牢《ろう》の中で一晩過ごすことに留《とど》まったことは運がよかったと言えよう。

しかし、彼等の眼には昨日までの生気の色はなく、逆に憔悴《しょうすい》しているようだった。

まるで地獄で見た光景を必死で忘れようとしているように、彼等は全員同じように両手で頭を押さえ蹲《うずくま》り、聞き取れない声で何かを呟《つぶや》いていた。

『そんなに怯《おび》えるほど絞られたのか？　まぁ、あれほどの馬鹿騒ぎを引き起こしたのだから、納得はできるが……』

彼等の様子がおかしいことが腑《ふ》に落ちないツヴェイトだったが、これも自業自得なので聞かないことにした。そんなときに偶然にも彼はクリスティン一行の姿を見つけた。

「クリスティン、それとサーガス師。街の散策ですか？」

「むん？　なんじゃ、ツヴェイトではないか。何をして……あぁ、昨日の覗き魔共の中にお主の連れもいたのか。大変じゃのぅ」

「自業自得ですよ。馬鹿にはいい薬です」

「ほっほっほっ、真面目じゃのぉ。そんなところはクレストンのヤツに似ておる。まぁ、あまり気張らず肩の力を抜いていけ。気軽なほうがお主にはちょうどよい」

「そんなに堅苦しいですか？　俺は普通にしているつもりなんですが……」

「昔のクレストンよりはマシじゃな。あやつは何かにつけて儂《わし》に文句を言ってきおったし、そのたびに殴り合いよ。懐かしいのぅ」

ツヴェイトに若かりし頃のクレストンの面影を見たのか、楽しげに語るサーガス老。

そんな老魔導士の過去に興味はあるが、ツヴェイトは詮索《せんさく》することを自制する。

「クリスティン、近いうちに俺達の研究についての意見をサーガス師に聞きに行くから、子爵夫人にも伝えておいてくれないか？」

「は、はい！　僕も騎士を目指す身として、ツヴェイト様のお話に興味があります。母には伝えておきますから、いつでもいらしてください」

「まぁ、学院が休暇の時だけだけどな。あまり楽しい話でもないし」

「昨日お伺いした戦術の話は面白かったですよ？　今の学院生達がどんなことを学んでいるのか参考にできますし、サーガス先生の意見も聞けるのでとても勉強になります」

「そうか？　それならいいんだが……。あっ、引き留めて悪かったな。今日は土産を買う予定だとか言ってただろ」

「ここのワインは美味《おい》しいらしいので、お世話になっている方達に買っていこうかと。ツヴェイト様もどうですか？」

「う〜む……自分が飲む分でも買っていくか。うちの母上達はちょっとなぁ〜、高いやつしか飲まんし……。言いたくはないが俗物だからな」

「家族をそんなふうに言っては駄目ですよ。それではツヴェイト様、僕達はこのあたりで失礼しますね」

クリスティン達が人混みの中へと消えていくのを見送るツヴェイト。

だが、そんな彼は背中に殺気のようなものを感じた。

振り返ると、そこには血の涙を流し嫉妬の炎に身を焦がす、覗き魔達の姿があった。

「……同志、裏切ったなぁ!!　俺達が豚箱《ぶたばこ》に入っている間、なにお前は女の子を引っかけてやがんだぁ!!」

「ツヴェイト……君さ、セレスティーナさんとの仲は取り持ってくれないのに、自分だけ可愛《かわい》い女の子を見つけていたんだね？　随分と手が早いじゃないのさ。さすが、デルサシス公爵の血を引いているだけのことはあるよ」

「ズルいぞぉ～………。俺達はただでさえ女っ気がないのに、自分だけ……」

「やっちまったのか？　もうやっちまったのか？」

「………リア充、殺すべし」

それは理不尽な怒りだろう。

そもそも牢屋に入ったのは自業自得なわけで、ツヴェイトに何の落ち度もない。完全な逆恨みだ。

しかし、一人だけ幸せ（少なくとも彼等の目にはそう映る）になっているのを見ると、たとえ間違っていると分かっていても、心の底から血の涙を流すほど妬ましくて仕方がない。

「いや、牢送りになったのはお前らのせいだろ。なんで俺が恨まれるんだよ」

「……同志は、俺達が味わったあの恐怖を知らねぇから」

「そう……俺達は、危うく大事なものをなくしかけたんだよ。ツヴェイト……」

「ヤツは………散々怒られて、牢の冷たい石畳に寝かされているときに現れた……」

「そして……そして、クッ！　恐ろしい……これ以上は」

「俺が代わりに言う。ヤツは……いきなり服を脱ぎだすと、牢の中に一つだけある寝台に座り……」

「「「「『お前等、俺のコイツを見てどう思う？』って、いい声で聞いてきやがったんだぁ!!」」」」

魂に響く凄《すさ》まじい恐怖を味わった者の、嘆きの叫びだった。

どうやら、後からガチの方が彼等のいる牢に入ってきたようだ。

覗き魔達は身の危険に晒《さら》されていた怯えと、そこから解放された安堵《あんど》が入り交じった涙を、それはもう滝のように流していた。

「よく分からんが、それのどこが怖いんだ？　男が脱いだだけだろ？　殴って気絶させるとか、魔法を使って眠らせるなり手段があっただろ。なんでやらなかったんだ？」

「クッ……同志には伝わらないか、この恐怖が！」

「ヤツの笑みが忘れられないよ……。俺達は狙われていたんだ。その場にいなかったツヴェイトには分かるはずがない」

「蛇に睨《にら》まれた蛙《かえる》の気持ちが初めて分かった……」

「動けなかった……。ヤツは微笑《ほほえ》んでいただけだったが、アレは獲物を狙う狩人の目だ！」

「見た目は女にモテそうなのに……」

何を言っているのかよく分からない。

ツヴェイトからしてみれば、裸の男などどうにでもできると思っている。

しかも数ではエロムラ達の方が多く、全員でかかれば取り押さえることなど簡単にできるはず。

それなのにここまで怯える彼等の心情が理解できない。

「それより、なんでそんなに怯えてんだ？　男一人にどうこうされるほど、お前等は柔な訓練を積んでいないだろ？」

「「「「「お前に、恐怖のあまり『す、凄《すご》く……大きいです』と言ってしまった俺達の気持ちが分かるかぁ!!」」」」」

「素朴な疑問だが……。そいつ、なんで牢に入れられたんだ？」

「「「「「ノンケを食っちまったヤツだからだろぉ!!」」」」」

やはりツヴェイトには理解できない。

数で優勢なのだから冷静に対処すれば対応できたはず。

しかも、厳しい訓練で格闘術などを学んできたディーオを含む学院生や、この中で一番レベルの高いエロムラが負けるとは思えない。

その男は牢に入れられた時点で武器の類《たぐい》は所持していないからだ。

別の意味の武器は持っているが……。

「そ、それで……その後はどうなったんですの？」

「まさか、皆さんはその人に一方的に組み伏せられて……」

「続きが凄く聞きたいですね、お嬢様」

「……大人の階段、上った？　逝《い》ったの？」

「マンジュウ、ウマ～！」

いつの間にか、セレスティーナ達がそばにいた。

キャロスティー、セレスティーナ、ミスカ、アンズの期待の込められた視線が、愚かで哀れな男達全員に向けられていた。

全く興味がないのはウルナだけである。

「その方は受けも責めも自在と見るべきですね、お嬢様」

「薄い本ではない本物……。まさか、こんなところで……世界は広いです」

「それで、皆さんはその……もう、その方に凄いことをされてしまったんですの？　わたくし、気になりますわ！」

「アンズもマンジュウ食べる？」

「いらない。それより、向こうの脂マシマシのラーメンみたいなのが気になる……」

純粋で無垢《むく》なる瞳を向けるセレスティーナ達の出現に、この場にいる全員は一斉に顔を青ざめさせた。女子に聞かれていたということが問題なのである。

女子とは噂《うわさ》好きが多く、この不祥事が学院内に広まることになれば、様々な尾ひれが付いた話に変化しかねない。

休暇で先に帰った連中は、リサグルの町に来ているメンバーのことを知っており、噂を聞いて『アイツ等じゃね？』と話した時点で彼等の人生が終わる。

そう、彼等にとって最悪の展開とは、『女湯を覗こうとして失敗し、牢屋に送られた挙げ句にやられし者』と呼ばれてしまうことだった。

その不等式が出来上がったことで、彼等の感情は崩壊した。

「「「「「うわぁ～～～～～～～～～～～～～ん!!」」」」」

彼等は泣いた。人生の無常さに……。

彼等は慟哭《どうこく》した。連鎖して引き寄せられるであろう不幸と、自身の不運に……。

彼等は絶望した。これから我が身に向けられるであろう、疑惑の目に……。

彼等はマイナス方向に想像を膨らませ、涙を流して走り去っていった。

一番ショックを受けたのはディーオであったという。

「皆さん、どうしたんでしょう？」

「俺が知るわけないだろ。なぜ聞く……」

「兄様のお友達ですよね？」

「………奴等とは、本気で縁を切ったほうがいい気がしてきた」

この日、覗き魔達は宿から一歩も出ることはなかった。

そして翌日、彼等は失意のままサントールへと帰ることになる。

一方、馬鹿騒ぎが起きていた路地の反対側では、ジャーネとイリスの二人がまったりと観光を楽しんでいた。

「ジャーネさん、このラーメンみたいなの美味しいね」

「油ギタギタだがな。ところで、ラーメンってなんだ？　この料理はミーチンとか言うらしいが」

【ミーチン】とは、ファングボアの背脂で香草を煮詰めたものを、胡椒《こしょう》のような香辛料を練り込んだ麺にぶっかけて食べる料理だ。油そばを想像するといいだろう。

唯一異なるのは、その脂がスープのようになみなみと器に注がれているところだ。

脂でくどそうに思えるが、意外なほどさっぱりした味わいで人気があり、標高のある寒冷地では貴重な蛋白源《たんぱくげん》として食される料理だ。

もっとも、冷めるとただの脂の塊になってしまうが。

「そうなの？　どうでもいいや、美味しいし」

「適当だな……。しかしこの脂、癖になるな」

「コラーゲンたっぷりで肌にいいかも。脂自体も甘みがあって、しつこくないのがいいよね」

「あ〜美味《うま》い」

この翌日、二人は何の騒ぎにも巻き込まれることなく、満足してサントールの街への帰路についたという。

温泉旅行の光と闇があったのだが、誰もそこに気付くことはなかった……。

◇　◇　◇　◇　◇　◇　◇

ちょうどツヴェイトが衛兵に捕らえられたエロムラ達を迎えに行っていた頃、謎のミイラ化事件の調査にあたっていたゼロス達は、朝霧の立つ森の中で朝食の準備をしていた。

小ぶりの鍋の中の煮込まれた野菜、わずかな干し肉のスープ、固めのパンが彼等の朝食だ。

昨日は街に辿《たど》り着くことはできず、結局野宿することになったのだが、冬のキャンプは二人には少々キツかった。

「寒い……山から吹き下りてくる北風が寒い……」

「テントがあるだけマシだけどね。寝袋なんかで寝たら魔物が襲ってきたときに対処できないし、場合によっては山賊ということも……」

「軽ワゴンで寝ればよかったんじゃないか？」

「君の軽ワゴン、シートにリクライニング機能がついてないじゃん。エコノミー症候群は、君が思っているよりも危険なんだよ？　それに、車内だと魔物に取り囲まれたとき、応戦が難しい」

「魔法で応戦すればいいじゃん」

凍死することはなかったが、代わりに酷《ひど》い寝不足である。

彼等は少々機嫌が悪い。

「ふむ、煮えたかな？　これで温まってから移動しよう。ミイラを作りだしている原因を探らなくちゃならんからね」

「あぁ～……なんでこんな依頼を受けちまったかなぁ～」

「アド君……。君、速攻で依頼を引き受けたよね？　家欲しさに……」

「いいじゃん！　ゼロスさんはあんなデカい家を持ってんだからさぁ～。俺もユイのヤツと暮らす家が欲しいんだよぉ!!」

「リサさんとシャクティさんはどうすんの？　一緒に暮らすわけにもいかんでしょうに……。そんなことになったら、あの二人は殺されるよ？　主にユイさんにだけど……」

「……あっ」

アドはユイと暮らせる新居を求めた。

だが、アドはすっかりリサとシャクティのことを忘れていた。

今はクレストンの元でメイドとして職を得てはいるが、いつまでもそれが続けられるとは限らない。一応三人はイサラス王国側にも属している立場だからだ。

実のところはイサラス王国もアドに帰ってきてもらいたいのだが、三人はソリステア公爵家の客人という名目を使い、外交という言葉を盾にして自由に行動していた。

色々と厄介な立ち位置であったことを再認識するアドであった。

「ときに、ゼロスさん……。この茸《きのこ》、どこのだ？　街で売っているの見たことないぞ？」

「考えるのを放棄したか……。その茸は、その辺に生えていたヤツだけど？　こんな寒いのに生えてくるんだから、この世界の動植物は生命力がどんだけ強いんだか……」

「これ、食えるのか？」

「知らん。マッシュルームみたいで美味そうだったから、なんとなく入れてみただけだし」

「ブフッ!?」

かなり行き当たりばったりな行動だった。

おっさんは大概の状態異常は無効化するので、毒物などに侵されることはない。

そもそもゼロスはこの世界に来た当初、凶悪な魔物がひしめき合うファーフランの大深緑地帯でサバイバルをし、食べられそうなものならなんでも食べ、自ら実験台となって状態異常無効化スキルの効果を検証した。

その結果。作り出されたのがゲテモノ料理レシピであるのだが、進んで毒持ち素材を食材として使うのは問題である。

おっさんが躊躇《ちゅうちょ》しないのも、アドが同じスキルを持っていることを知っているためであったが、食べさせられる側にとっては堪《たま》ったものではない。

「おいおい!!　毒があったらどうすんだぁ!!」

「安心しろ、アド君……。僕らに状態異常は効果がない」

「そうだけど、確かにそうだけど！　なにもこんなときに冒険する必要はねぇだろ!?　不意打ちする前に一言聞けよぉ!!」

「人は……いつ食えなくなるか分からないんだ。だったら食える食材くらい覚えておこうよ。身をもって……」

「俺達が無事でも、他の連中が無事である保証はどこにあんだよ！」

「マジで食えるものがないとき、君はそんなことを言えるのかい？　それは飢えたことのない者が言えるセリフだよ。アド君……」

この時、アドはおっさんの目の奥底に、酷く濁りきった闇を見た気がした。

そして、『飢えたことのない者が言えるセリフだよ』という言葉に、ゼロスが飢えに苦しんだことがあるという事実に気付く。

『この人……ソード・アンド・ソーサリスの時よりヤバくなってね？』

その後は無言で朝食を食べた。

出立するまでの間、重苦しい沈黙が支配していたという……。

◇　◇　◇　◇　◇　◇

【八坂《やさか》　学《まなぶ》】は勇者である。

メーティス聖法神国が行った勇者召喚で召喚された者の一人で、【岩田《いわた》　定満《さだみつ》】【姫島《ひめじま》　佳乃《よしの》】【笹木《ささき》　大地《だいち》】【川本《かわもと》　龍臣《たつおみ》】の五人が、聖騎士団の五将と呼ばれていた。

だが、岩田はルーダ・イルルゥ平原での戦いで負った傷が元で死去（当然、真実は勇者達には明かされていない）、【姫島　佳乃】はアルトム皇国での破壊工作任務後、他の勇者達と共に消息不明。

【笹木　大地】は火縄銃増産のため工房を仕切っている。

現在、勇者達は各地で起こっている様々な問題解決に従事させられ、【川本　龍臣】と【八坂　学】は盗賊などの犯罪者討伐の任についていていた。

そんな彼は指名手配の盗賊団を追い、現在ソリステア魔法王国に近い国境付近で陣を張っていた。テントの中で、テーブルの上に置かれた報告書に目を通し、かなり鬱《うつ》になっている。

「ハァ〜……なんでこんなことになっちゃったのかな。神薙《かんなぎ》も坂本《さかもと》もいなくなっちまうし、やっぱ死んだのかなぁ〜」

正直、学は勇者という立場があまり好きではなかった。【姫島　佳乃】のように真っ向からメーティス聖法神国を否定しなかっただけで、心の中では勇者という立場を押しつけてくる司祭達を懐疑的に見ている。

基本的に【風間《かざま》　卓実《たくみ》】と同じ考えだが、内に芽生えた疑問を晴らすこともなく、しかし国家権力に逆らうほど度胸もない。

長いものに巻かれる彼は、今日も惰性で生きていた。

「マナブ様、これも正義をなすためです。四神様方は今も見ているのですよ？　もっと覇気を出してくれなくては困ります。他の方々に示しがつきません」

「リナリーさん、俺だってこんな陰鬱な気分にはなりたくないよ。けど、召喚された勇者達は四分の一にまで数を減らしているんだよ？　戦いに向かない奴等を入れても事実上は壊滅状態じゃん」

「情けないですよ。少しはタツオミ様を見習ってください」

「アイツは聖女様に熱を上げてるだけじゃん。できるか分からない理想論を振り回しても、結果が伴わなければ無駄になるしさ」

「愚痴を言わずに仕事をしてください」

学がこの異世界に召喚されたときから、身の回りの世話をしてくれているリナリー司祭。

物事を淡々と喋《しゃべ》る彼女は、今も事務仕事などの補佐をしてくれる。

こういった神官は勇者の数だけおり、とても頼りになる側近だった。

その距離感の近さのため男女の関係になる者達もいたが、唯一【風間　卓実】には側近が与えられなかった。理由は彼が魔導士だったからだ。

そんな彼を学は、『うっわ、悲惨だなぁ～。魔導士じゃなくてよかった』と、まるで他人事《ひとごと》のように見ていていた。

だが、長いものに巻かれる学も、かつての同級生達が次々といなくなっていくことに対し、少なからず不安というストレスを感じている。

メーティス聖法神国に使い潰《つぶ》されていることにも気付いており、いつ捨てられるかも分からない怯えと不安感が、彼の口をいつもより軽くしていた。

「あっ、姫島達……もしかして裏切ってたりして」

「マナブ様、思ってもそんなことは言わないでください。勇者に選ばれたのですから、四神の信仰を広く伝え示すことで、神に報いることができるのですよ？」

「どうだろうねぇ～、姫島なら躊躇《ためら》いなく裏切るさ。それより俺は、転生者とかいう奴等がなんのためにこの世界に来たのか、そっちが知りたいよ。神々の事情なんて人間に分かるわけがないんだしさ」

「邪神達の事情など、私は知りたくもありませんね」

「もしかして許可なく異世界人を勝手に召喚したから、周辺世界の神様達が怒ったのかも……。それとさ、四神以外を認めないリナリーさん達の言い分だと、異世界生まれの俺も邪教の徒ってことになるんだけど、勇者を同胞とみなす線引きはどこでつけるのさ。召喚されたから？」

「…………」

リナリー司祭は口をつぐんだ。

ほとんどの神官がこうした質問に答えることはできない。

学の言った通り神々の事情なんて人間に分かるはずもなく、四神も答えることはないからだ。

「だいたいさぁ～、異世界から召喚できるんだったら、逆に送り込むことだってできるでしょ？ 四神が至高の神だなんてどうやって判別するのさ。下手したら異界の神々が格上の可能性だってある。それに三十年ごとに召喚してたんでしょ？ これって召喚しすぎだよね？ もし俺の言っていることが当たってた場合、周辺世界の神々は怒りまくりでヤバイんじゃやない？」

「私に言われても困ります」

「だよねぇ～、けど世界を渡った当事者の立場から言うと、四神の立場って割と微妙だと思うんだよねぇ～。だって、転生者をこの世界に受け入れてんじゃん。普通ならあやしいと思うよね？ それ、断ることができなかったからじゃね？ 岩田達も転生者にボロ負けしたってことは、俺達勇者よりも強いってことだよね？ 俺、やだよ。そんな連中とは戦いたくなぁ～い！」

ルーダ・イルルゥ戦役は、メーティス聖法神国にとって獣人族の認識を大きく変える戦いとなった。敵は肉体で戦う誇りを捨て魔導士の力を借りただけでなく、罠《わな》だらけの要塞《ようさい》を造り上げた。

獣人達はよく神聖騎士団の騎士達に『貴様等には戦士としての誇りはないのか！』と言っていた。

しかし騎士達は『獣に礼儀なんて必要ないだろ』と、正々堂々真っ向勝負を挑んでくる彼等に対し、卑劣な罠や一騎打ちに見せかけた騙《だま》し討ちを平然と行ってきた。

その結果、彼等は神聖騎士団を【魔物】と認識し、同じような卑劣な手段で多くの砦《とりで》を陥落させていった。

奴隷から解放された獣人もその列に加わり、今では手に負えない大勢力となっている。

「平和な世界にするためには、もっと獣人族を理解するべきだったよね。今さら手遅れだけど」

「私達が間違っていたというのですか？　彼等は野生の獣と同じですよ」

「目の前で自分の家族を殺されるところを見ても、リナリーさんはそんなことを言えるの？　彼等の立場で言えば、勝手な理屈で平穏な生活を奪った側なんだよ、メーティス聖法神国は……」

「野蛮な者達に文明の素晴らしさを伝えるためです。それで、マナブ様はどうするつもりなんですか？」

「俺に何ができるっていうのさ。一個人で国を潰せるような力なんてないよ、転生者と違ってね。獣人達と和解するために……奴隷にしている連中を解放してみる？」

「…………」

転生者の存在は脅威だった。

一人の転生者が加わったことで獣人族に恐ろしいまでの組織力が生まれ、そこに新たな魔導士の転生者が一人加勢したことでルーダ・イルルゥの戦線は完全に崩壊した。

獣人族側から見ればまさに救世主が降臨したようなものだ。

なにより獣人族は強者に敬意を示す種族だ。そんな転生者に率いられた獣人族は、憎悪を隠そうとすらせず牙を剥《む》き、守りから一転して攻めの態勢に移った。

メーティス聖法神国は、アルトム皇国のルーフェイル族以外に強大な敵を生み出してしまったことに、今になってようやく気付いたのである。

「外交って大事だよね。もし話し合いをして相手を知ろうとする態度で接していれば、こんなことになっていなかっただろうに。そこに大魔法をぶっ放す転生者……もう、やだぁ～」

「平原に巨大な穴ができたとか……」

「ソリステア魔法王国と同盟でもしなよ。もう魔導士が～とか、神官が～とか言っていられない状況なんだけど？」

「向こうはもう、神官の神聖魔法を頼る気はないようですね。回復魔法とやらを開発して、各国が一斉に売り出したようですから」

「どんだけ周辺国を怒らせたの!?　これ、立場が逆転するよ？　しかもメーティス聖法神国は内陸の国で海がないのに、塩の輸入貿易とかどうすんの？」

「そのあたりを勇者様方に期待しているのですが？」

「困ったときの勇者頼みはやめてよ。俺達に政治なんて無理じゃん！　外交なんてやったことすらないのにぃ～！　詰んだよ、これ……。もうオワタ－!!」

勇者という理由から過度の期待をかけられるのは困る。

そもそも召喚されたときはただの中学生だったのだ。

ファンタジー世界には確かに憧れてもいたが、現実は空想とは大きく異なる。

ゲームとは異なり死んだら終わり。神聖魔法でも死者蘇生などできず、魔法国家とは敵対しているので回復薬などこの国には存在していない。死ぬ危険度がかなり高いのだ。

学は安全な場所でのんびりしていたいのである。

「だいたいさぁ～、なんで俺に内政の書類を大量に送ってくるのさ。無理だよ、俺に何を期待してんの!?　俺は戦闘職だよ!?」

「少しでも参考になる意見が欲しいのでは？　異世界での政治はどのようなものだったのか、今後のために勇者様方の知識に期待しているのでしょう」

「だから、もう詰んでるよ！　どうしようもないよ!!　この国の周りは全部敵だよ!?　今さら友好的な態度を取っても信用されるわけないじゃん。これまでそうなるようなことをしてきたんでしょ？　上の連中を何人処刑しても手遅れだよ」

「国力では我が国がまだ上です。何か方策があると思いますが……」

「ソリステア魔法王国で車が作られてんじゃん！　技術革命が起きるよ。戦争の形が一気に変わると思うし、笹木の火縄銃なんて意味がなくなるさ！　装甲車なんて作られたら、豆鉄砲がなんの役に立つっていうんだ。これ、裏に転生者が絶対にいるよねぇ!?」

止まっていた時代が一気に動き出した予感に、学は焦りしか感じない。

自動車――正確には動力という存在は、技術や産業を一気に跳ね上げる力を秘めている。

例えば工作機械に組み込むとか、船舶の動力として利用すれば経済効果は計り知れない。

特に工作機械が問題で、職人の手で作り出されているメーティス聖法神国の火縄銃も、機械加工技術によって大量にコピーされかねない。

しかも魔力というクリーンエネルギーがある。

火薬によって撃ち出す弾丸も魔法で補えるようになれば、火薬の材料を揃《そろ》える手間が減り量産の面でもかなり優位に立てる。その気になればレーザー兵器や電磁投射砲も作り出せるだろう。

事実それに近い魔法は確かに存在している。

そして、車という機械もまた軍事の面で大きな革命となりえる。兵の輸送や補給物資の運搬などが容易となり、敵よりも早く部隊展開することが可能となるからだ。

技術の進歩とは人が思う以上に早く、神への信仰心や精神論ではどうすることもできない時代の転換期が来ていることを、学は地球の歴史から充分に予想できてしまった。

「なんで技術大国を敵に回してんだよ！　馬鹿なの!?　法皇の爺《じい》さんの周りは馬鹿ばっかりなの!?　戦車でも作られたりしたら、それこそこの国は滅びるさ！」

「戦車とは……チャリオットのことでしょうか？　あんなものは時代遅れだと思いますが」

「違うからね？　俺達のいた世界で使われている兵器のことだよ。敵に効率よく多大な損害を与えることに焦点が置かれているから、騎馬隊やファランクス戦法なんて役に立たない。重歩兵騎士団なんていい的さ。火縄銃を見られたら、さぞ効率のいい兵器に改造されるだろうね。ソリステア魔法王国ならそれができるんだよ。戦争にでもなれば一方的に駆逐されるよ。オワタ～～ァ！」

「つまり……それができる転生者がいると？」

「いなくても時間の問題だろうね。今後の身の振り方を考えたほうが建設的だよ。そう遠くないうちに、この国は戦場になる。俺の知っている歴史がそれを教えてくれているよ」

テントの中が冷たい静寂に包まれた。

既にソリステア魔法王国はイサラス王国とも同盟を結び、地下街道を利用して鉱石売買のルートも確立されている。しかもソリステア魔法王国の融資を受けて、イサラス王国内には工場建設が急ピッチで進められ、経済も潤い始めていた。

メーティス聖法神国はイサラス王国に対し、国力の差を押し出した強気な外交が不可能となった。

今から攻め込むにしても兵力と軍事費が不足している。

これは周辺小国家を甘く見たツケだろう。

「ハァ～……こんな資料、読むんじゃなかった。神聖魔法だけではどうにもならないよ。鬱だ……今は盗賊退治に力を尽くそう。それが本来の仕事なんだし、こんなのは全部上の奴等に押しつけちゃえ」

「送り返すの間違いだと思うのですが……。そこまで分かっていながら何もしないのですか？　無責任ですね」

「どうしようもないじゃん！　魔導士達を毛嫌いしてるからこの差が生まれたんだよ？　俺の責任じゃないいやい」

勇者と言われていようとも、学はごく普通の少年なのだ。

多くの人命を背負う覚悟もなければ、義侠心《ぎきょうしん》から玉砕覚悟で突っ込むつもりもない。危なくなれば逃げ出すつもりである。

「近くに街があったよね？　今日、盗賊が見つからなければ拠点を街に移そう。みんな疲れているだろうから、ゆっくり羽を伸ばす時間が必要だし」

「仕方がありませんね。羽目を外さないように注意勧告も出しておきましょう」

「お願い……」

その後、盗賊を見つけられなかった学の率いる部隊は、兵士達を休ませるべく近場の街へと撤退した。

第十二話　おっさん、メーティス聖法神国へ　～滅魔龍、爆誕～

森を抜けたゼロスとアドは、平原を歩きながら街道を目指し進んでいた。

魔法符を使用し、使い魔で空中から街を探し、歩き続けること半日。

正直、暇だった。

そんな二人は——。

「ヘッヘッヘッ、兄さん、コイツならどうでぇ～。コイツはいい銃さ」

「64式小銃か……。見た目は渋いが、俺はM16が好みだな」

「すまねぇな、M16はまだ作ってねぇよ。M4カービンならあるが、どうする？」

「口調をなんとかできね？　それより、なんかハー○マン軍曹にシゴかれそう……。ハンドガンタイプはないのか？」

——バイヤー&殺し屋ごっこをしながら歩いていた。

とはいっても、彼等の手にある銃は普通の炸薬《さくやく》式ではない。

魔法による爆発力で弾を撃ち出す、所謂《いわゆる》【魔導銃】と言うべき代物である。

普通の重火器より構造は簡略で済むが……問題は威力で、おっさんはいまだに試し撃ちをしたことがない。

「あるぜぇ～、グロック17だ。他にもワルサーＰＰＫやトカレフもあんぜ？　あんちゃんも好きだろぉ～？」

「あやしい言い方はやめてくれよ。しっかし、よくもまぁ………」

「やりすぎたとは思っている。だが、後悔はしていない。モスバーグは試作品と多少改良したやつの二丁だね。一丁あげようか？」

「ショットガンまで……。一通り手を出したのか、加減くらいしてくれよな」

「ん～、作り始めたら夢中になってねぇ。これでも【ソード・アンド・ソーサリス】で作った魔改造武器よりは威力が低いと思うんだが……」

アドもゼロスと似た趣味があるので、目の前の銃には興味がある。

だが、もしこのうちの一丁でも他人の手に渡ると、そこから発生する事態を想像するだけで不安になる。この世界の技術力が三銃士の時代を一気に抜き去り、第一次世界大戦の時代並みにまで進みかねない。

技術力が伸びても人心の変革が訪れない以上、悲惨な結果が待ち受けることになる。

「そういやメーティス聖法神国の火縄銃はどうなんだ？　ゼロスさんは実際に見たことがあるんだろ？」

「ああ、手元にあるよ。これがそうだ……」

インベントリー内から取り出したメーティス聖法神国製造の火縄銃。

火薬先込め式で数を揃《そろ》えなければ効果を発揮できず、雨という弱点があるものの充分に歴史を動かすアドバンテージがある。戦争利用もそうだが、技術という面でも大きな一歩に繋《つな》がるものだ。

「勇者は戦争のやり方を変える気なのか？」

「その気があったかは分からないが、メーティス聖法神国が銃社会となるのは確実だと思う。便利なものほど人は使うし、改良もするだろうからね。火薬の知識をよく受け入れたもんだ」

メーティス聖法神国は基本的に魔導士や科学者の存在を拒絶する傾向がある。

自然のありようを受け入れるという教義が中途半端に残されており、たとえ大怪我で人が死ぬことになろうとも、魔法薬のような回復薬を作り使用することを厳しく禁止していた。

火薬の生成は魔導士の分野に入るので、そこに踏み切った理由が何なのか少し気になる。

「魔力を使わなければ、『これはれっきとした技術だ！』って開き直るんじゃないか？　魔法を使用しなければなんでもいいんだろ」

「それは屁理屈《へりくつ》だが、充分に考えられるねぇ。開き直ったら、事実上魔導士の存在を肯定したことになるんだが……。まぁ、末期の宗教国だから仕方ないか」

ホーワM１５００を片手に、おっさんはメーティス聖法神国をディスる。

ちなみにアドは、M60軽機関銃を肩に担いでいた。

「おっ、前方に【ブルドドド】を発見」

「肉が美味《うま》かったよな……狩るか？」

「おいちゃんのホーワが火を噴くぜぇ！」

主に狩猟などで使用されるホーワM１５００。海外にも輸出され、高い信頼性のあるメイド・イン・ジャパンのライフルだ。日本の警察にも害獣駆除用として配備されている。

その形状を模した魔導銃はいまだ試し撃ちをしたことがなく、このボルトアクションライフルの性能を試すいい機会と、おっさんは即座に銃を構えた。

【ブルドドド】はカバみたいな頭部を持つイノシシのような生物で、草食性のモンスターだ。【ソード・アンド・ソーサリス】の序盤の貴重な収入源としてよく狩られており、レベル上げでも大変お世話になったと、感慨深い思い出がおっさんの脳裏に蘇《よみがえ》る。

「全部の魔導銃に言えることだけど、威力は使用者の流し込む魔力量に依存するからねぇ〜。どんな副次効果が出るか……」

「ここで実験かよ。極限まで魔力を抑えた方がいいんじゃないか？　俺達の保有魔力は規格外だし」

「そだね……。一撃でミンチになるのは避けたいところだ。近所のお肉信者に怒られる」

「あのガキか……。街で串肉をたかられたことがあったぞ？」

「ハッハッハ、アド君も被害に遭ってたか」

暢気《のんき》に笑いながらもスコープで狙いを定め、極力魔力を抑えホーワM1500でスナイプショット。

『ドン！』という轟音《ごうおん》と共に弾丸が射出され、ブルドドドの頭部が見事に吹き飛んだ。

「「……」」

想像以上の威力に対し、二人は言葉が出なかった。

「……なぁ、魔力を抑えたんだよな？」

「万が一を考えて最小限でチャージしたんだけど……僕達が使うとヤバいねぇ〜。気軽に撃っただけでも大爆発じゃないかな……？」

「使い道がないだろ……。どこで使うんだよ、こんな兵器……」

「問題は、撃ち出す弾丸じゃないと思うんだけどなぁ～……」

この魔導銃は、使い手が魔法を付与することで様々な効果を発揮する仕様なのだが、ゼロス達レベルだと余剰魔力が弾丸に付与され、おかしな威力を発揮してしまうようだった。

ゼロス達が馬鹿げた魔力を保有していることで、ほんの少しの魔力でもこの世界の住人とは比べものにならないほどの威力となる。

しかも、試作した数ある銃の中のほとんどが使用者の魔力を自動で吸収するタイプで、魔力調整が可能なホーワはまだマシな部類だった。

もし、そちらを使用していた場合、一体どのよう結果がもたらされていたのだろうか……。

『この威力はやっべぇ～～!!』

作ったことを後悔していないが、それでも罪悪感は覚えるものである。

「もしかして、魔法付与機能が変な方向に働いているのか？　普通に魔力だけで撃つ仕様にしておけばよかったなぁ」

「そんな機能が付いているのかよ。まぁ、検証は後でやろうぜ。さっさとブルドドドを解体して街を目指さないと、日が暮れるぞ」

「そうだねぇ……。少し急ぐか」

ブルドドドを即行で解体し、二人は街を探し続けた。

その後、街道に立てられた道標石柱を使い魔が発見し、現在地がメーティス聖法神国国境沿いであることと、街の方角が判明したことは幸いである。

メーティス聖法神国の街道を、二人の男達が馬鹿みたいな速度で走った。

彼等は生身で風となる。異国の街道を軽ワゴンで街道を走り抜けるのも目立つが、今の彼等ももの凄《すご》く異質際立っていた。

そして、無事に【ルナ・サーク】という街へ辿《たど》り着いたのだった。

◇　◇　◇　◇　◇　◇

ルナ・サークは、メーティス聖法神国の最南端に位置する街の一つで、かつて交易都市として栄えていた。

なぜ過去形なのかというと……。

「寂れてるねぇ……。大通りの店の大半が空き家状態だよ」

「ソリステア魔法王国との交易が途絶えたからな。イサラス王国からの鉱物資源の交易に変えたほうが商人達もよっぽど儲《もう》かるだろうし、この国に来るメリットがない」

「イサラス王国は、しばらくは物々交換になるんじゃないかねぇ？　魔導式モートルキャリッジのパーツが製造されれば、かなりの経済効果が生まれるだろうけど」

「アルトム皇国でも商売はできるし、流れは向こうにある。商人達も理不尽な通行料を払うくらいなら、関税すら取らないソリステアを通ったほうがいいしな」

「この国は、民に優しくない国だよねぇ。住みにくそうだ……」

全ては、ソリステア魔法王国とアルトム皇国を繋ぐ地下街道が開通したことが原因だ。ついでに国交断絶を宣言したことが大きな痛手となってしまった。

アルトム皇国との戦争で国費をだいぶ消費し、無理をして税を取り立て聖騎士団を再編してみれば、今度はルーダ・イルルゥ平原で大敗北。

この国の首都である聖都マハ・ルタートが崩壊してとどめを刺された形だ。

そして欲深い名ばかりの聖職者が賄賂と汚職にまみれ、内憂外患状態が深刻度を増した。その影響が現在進行形で国境付近の街にまで及んでいた。

「どうでもいいけど……これ、泊まれる宿はあるのかねぇ？」

「それを言わないでくれよ。凄く不安になるだろ……」

「辺境からも高い税金を搾取してるのかな？　これじゃ無職の住民が増えて、普通に暮らすのも大変そうだ」

「近いうちに、暴動が起こるんじゃねぇか？」

街のいたるところには野外生活にまで身を落とした者達の姿が目立つ。

住民の荷物を奪う者も街に入って三人ほど見かけたが、咄嗟《とっさ》に小石をぶつけて強奪犯を全員気絶させた。さすがに魔導士の敵地で魔法を使用することは避けたが……。

「治安が悪くなっているのかねぇ。ま、交易が途絶えた街なら仕方がないか」

「住民は悲惨だな。国籍を移すことを俺は勧めるぞ」

「近いうちに暴動が起きそうだねぇ。僕達が出ていくまでは起きなければいいけど」

「まぁ、俺達には関係ない話だけどな」

所詮《しょせん》は他人事《ひとごと》である。

だが、この国の住民に対して恨みはないので、街の酷《ひど》い状況に多少の同情心くらいは抱く。

一応は交易商人の姿もあるが、サントールの街ほど活気があるわけではなく、辛うじて首の皮一枚で生き残っているような状況だった。

「閉店した店の前で露店を開いてんぞ。いいのか、あれ……」

「店の主《あるじ》が文句を言わなければいいんじゃないかい？　所詮、おいちゃん達は異邦人さぁ～。今日を必死に生きる不憫《ふびん》な人達に、同情くらいしかできない偽善者なのさ」

街を歩きながら、二人は中央広場にまで辿り着いた。

そこには衛兵とは異なるきらびやかな姿の騎士達が整列した光景があった。

「諸君、久しぶりの休暇だ。これより三日、諸君等は自由にしてもかまわない。しかし、聖騎士団としての規律と誇りを傷つけないよう、真摯《しんし》な姿勢で休暇を満喫するといい。くれぐれも民に迷惑をかけるんじゃないぞ！　話は以上だ、解散！」

「「「うぉおおおおおおっ!!」」」

聖騎士団の姿は、寂れた街には不釣り合いに見えた。

ゼロス達の得ている情報では、聖騎士団はメーティス聖法神国の精鋭であり、本来ならこのような辺境にいるはずもない部隊だ。

「なんで、聖騎士団がこんな辺境に……」

「さぁ～、人手不足で駆り出されたんじゃないかねぇ？」

「なんにしても、宿探しが先決だよな。今のところ、聖騎士団とは関わり合いになる必要もねぇし」

「堂々としていれば大丈夫でしょ。ローブを着ているのは魔導士だけではないからね、バレることもない」

流れの傭兵《ようへい》を装い、談笑しながら宿を探す。

程なくして、二人は宿を発見したのだが……。

『なんだ……この差は』

道を挟んで対面する二つの宿を見て、思わず絶句した。

片や豪勢な装飾が施された高級宿、もう片方は可哀想《かわいそう》なほど寂れたボロ宿であった。

対極をなすこの二軒の宿の存在は、この国の格差社会の無情さを表していた。

「……高級宿は駄目だろうな。俺達の服装では門前払いされそうだ」

「必然的にこっちのボロ宿になるけど……今にも崩れ落ちそうだねぇ」

その宿は、あまりにボロく、あまりに汚く、そして客が寄ってきそうにないほど非常識なまでに古びていた。

悪く言えば廃墟《はいきょ》と言ってもいいだろうが、宿の中から芳《かんば》しい香りが漂ってくる。

一応、営業はしているようである。

「少なくとも、食事は期待できそうだな……」

「逆に言うと、それ以外は期待できないだろう。まあ……高級宿の方には勇者が宿泊するようだから、そもそも無理そうだけど」

「勇者って……え？」

アドが振り返ると、数人の騎士と一人の女性神官を伴い、黒髪の少年騎士が高級宿の前に立っていた。

「さっきまでいなかったよな？」

「いや、僕達の後ろにいたけど？　あまり見ないほうがいい、不審者と思われるのは避けたいからね」

「そうだな……。んじゃ、嫌だけど宿に入るか。いつまでもボロ宿を眺めていても仕方がないしさ」

念のため、二人は背中を丸めて宿に入った。

あくまでも金のない傭兵であるかのように装う必要があったためである。

傍目《はため》には、ボロ宿にガッカリしているように映るであろう。

だが、二人は視線を背中に感じており、勇者に怪しまれていないか少々不安であった。

◇　◇　◇　◇　◇　◇

宿に入ると外観のボロさとは裏腹に、内装はきっちり手入れされていた。

酒場と食堂を兼ねている一階は、落ち着いた雰囲気を醸し出すウエスタン風。数人の男達が食事をとっているところを見ると、意外と穴場なのではという印象をゼロス達は持った。

「……これは、当たりか？」

「外のボロさはいったいなんなんだろうねぇ？　綺麗《きれい》にすれば客も来るだろうに……」

内装は綺麗だが、外は残念。あまりの落差に困惑しそうになる。

「いらっしゃい。ご宿泊ですか？」

「えぇ、男二人連れですが部屋は空いてますか？」

「空いてますよ。えぇ……空いていますとも。フフフフ……」

宿の主人らしき男は哀愁漂う笑いを浮かべながら、台帳を差し出してくる。

記帳しろということだろうが、彼の暗い笑みが気になるところだ。

「宿泊客……少ないのか？」

「アド君、失礼だよ」

「少なくなりましたよ。なんでソリステア魔法王国との交易を断行しますかね、おかげで商売はあがったりですわ。宿でなく食事メインに転向さ……ハハハ」

「思っていた以上にひでぇな、根無し草には関係ない話だが」

「傭兵さんかい？」

「まぁな。こうも商人のキャラバンが少ないと、俺達も仕事が上がったりだ」

当たり障りのない会話を交わしながら宿泊名簿に記帳し、金を先払いして鍵を渡され部屋へと向かう。

宿泊部屋もかなりしっかりした造りだった。

「もったいねぇな。外見以外はまともな宿だぞ」

「交易商を相手にした宿のようだから、商人が来なければ必然的に客も減る。無策な政治の影響は酷いもんだねぇ」

「なんにしても、ゆっくり休めるのはありがたい。明日からまた調査だけどな」

「今夜は早めに休もうか、睡眠時間は多いほどいいだろ？」

「賛成、飯食ってさっさと寝るわ。もう眠くてよ」

野宿では周囲を警戒せねばならず、必然的に眠りが浅くなる。更に寒さで睡眠時間が削られ、結果的に疲れが取れないのだ。

「一日や二日程度の徹夜くらい、なんだというんだい？　睡眠時間が三時間程度の日が六日続くよりマシじゃないか」

「どんなブラック企業だよ。俺はナポレオンじゃないから、そんな日常に耐えられねぇよ」

「あぁ、下町の革命家ね」

「焼酎のことじゃねぇ！　商品名が違うし、なんでウィスキーの方を選ばねぇんだ!?」

「それは、日本人だからさ☆」

ベタなことをいいながら、二人は部屋でくつろぎ始める。

ちょうどその真下で宿の主人が、久しぶりの客にキタキタ踊りで舞い上がっていたのだが、おっさん達は気付かなかった。

◇　◇　◇　◇　◇　◇

魔獣の楽園であり修羅の巷《ちまた》であるファーフラン大深緑地帯。

その一角で黒き獣は困っていた。

それというのも――。

『『『『『なんで、前よりも太ってんだよぉ――――っ!!』』』』』

――ダイエットに失敗した。

いや、正確には少々異なる。

この獣は魔物に勇者の魂が憑依《ひょうい》し、他の魔物の因子を食らい取り込むことで肥大化した存在である。言ってしまえば取り込んだ細胞の暴走だ。

多くの因子を組み込んだ結果、それぞれの細胞が暴走し癌《がん》細胞の如く増殖してしまう。

生物の枠組みから完全に離れたので、生体構造が定まらない状態になってしまったのだ。

つまり、ダイエットをするだけ無駄なのであった。

『誰だ、つまみ食いしたやつはよぉ!!』

『記憶が同調してんだ、誰もそんな真似はしてねぇ!!』

『やだぁ～～～っ、こんなのかっこ悪いぃぃぃぃぃぃっ!!』

『助けて、佳乃《よしの》ちゃゃあぁぁぁぁぁぁぁぁぁん!!』

『とうとう動けなくなったな……』

『まるでボールだな。頭に砲身でも付けるか？』

体のいたるところから浮かぶ人面が、それぞれ嘆きの声を上げていた。

当初のドラゴンのような姿は、今ではすっかりまるまる太った肉の塊である。こうなると歩くより転がったほうが早いだろう。

辛うじて判別しやすい小さな腕をチョコチョコ動かしてはいるが、それ以外は全く動きようがない状態だった。

見ている限りではかなりシュールな光景である。

「……なんじゃのぅ。えらく不憫な奴等がおる」

『『『『『!?』』』』』

不意に響いた呆《あき》れと哀れみの込められた声に、勇者達の魂は一瞬思考が停止する。同時に複数の眼球がその存在を認識した。

月を背後に天に浮かぶ一人の少女。

白銀の角と金色の翼を持ち、放たれるオーラはとても生物のものではなく、圧倒的な畏怖《いふ》と威圧感を感じさせた。

逆らってはならない……と本能が警鐘を鳴らす。

「ふむ、お主等は四神共が召喚した抗体……勇者のなれの果てか？　随分と珍妙な姿じゃが……」

『いや、好きでこんな姿をしているわけではないんだけど……』

『助けてください。動けないんですぅ～～～っ!!』

『いや、どうやって助けてもらうんだよ。こんなのどうしようもないぞ？』

『それより……ゴスロリ衣装だと!?』

『なんというかりちゅま……もといカリスマ性だ！』

『かわいい……』

『お持ち帰りしたい……』

『ペロペロしたい……』

『『『お巡りさぁ――――ん、コイツらです!!』』』

事情を話そうとする者や必死に助けを求める者、あるいは特殊な性癖に目覚めた者などが口々に語り出す。

中には『復讐《ふくしゅう》が』とか、『四神を殺す』とか怨嗟《えんさ》の念を放つ者達も多く存在し、アルフィアはおおよその事情を把握した。

この無様な獣は自分と同類であるということだ。

「だいたい理解した。お主等は四神と自分を利用した者どもに復讐をしたいのじゃな？　だが、その無様な姿では動くことも叶《かな》わない。ゆえに我に助力を求めると……」

『なんとかできるのか!?』

『頼む、俺達の体をどうにかしてくれ！』

『復讐をさせてくれ!!　でなければ、死んでも死にきれん!!』

『もう死んでるけどな』

『『『『この恨みを、我等の手で晴らさせてくれぇ!!』』』』

こと憎しみの感情は見事なまでに同調していた。

アルフィアとしても彼等を哀れに思うし、個人的には彼等の魂をなんとかしなくてはならない立場だ。しかし現時点ではどうすることもできない。

だが、ある一点に関しては彼等は有効な存在であるとも言えた。

「なら、我と取引をするか？」

『『『『取引？』』』』

「うむ、我は四神から力を取り戻さねばならぬ。一匹は封印したのじゃが、残り三匹がどこに潜伏しているのか分からぬ状況でな。なまじ我の力が強すぎるために上手《うま》く捜し当てることができぬのじゃ」

『取引ということは、我等にも何らかのメリットがあるのか？』

「察しの良い者がおるのぅ。さよう、四神から力を取り戻せば、我は汝等を元の世界へと戻すことができる。事象干渉して蘇生させるか、新たに転生させるかは各世界の神々次第じゃがな」

要は、四神を引きずり出すための囮《おとり》役だ。

腐っても神と呼ばれる存在であり、邪神ほどではないにしても、この世界を脅かすイレギュラーは排除せねばならない本能を持っている。

人間では手に負えない場合に限り、四神が防衛に出なければならないというシステムを逆手に取るつもりだった。

『もっとも、世界管理に関しては著しく機能不全のようじゃが、な』

四神はシステム的な機能不全を起こしているのか、世界を管理し維持し続けるつもりが毛頭ない。

封印が一つ解かれたことで更に力を増したアルフィアに、三柱は絶対に近づくことはないだろう。

勝てない相手に対して戦うようなことはせず、【聖域】に逃げ込んだまま引きこもる可能性が高いわけで、どうしても残りの三柱で倒せる手頃な囮役が必要となった。

その点で言えばこの勇者達の魂は手頃であり、四神教に対して恨みも持っている。しかも彼等はアルフィアが回収しなくてはならない存在でもある。

互いの利害が一致するのだ。

「我がお主等を利用するように、汝等も我を利用すればよい。ギブ・アンド・テイクじゃ」

『……本当に、俺達を助けてくれるのか？』

『奴等は散々利用した挙げ句、俺達を殺したんだぞ！　アンタも同じじゃないのか？』

『どうする？　私は信じてもいいと思ってる』

『今のままではどのみち詰んでるわね。思い切って決断するしかないわよ』

「我が完全体になれば、この世界に召喚された者達全ての魂を回収できるからのぅ。あとは選別して元の世界へと送り返すだけじゃ。完全体になればさほど手間はかからぬ」

アルフィアが言っていることは事実だ。

だが、それを証明する手立てはなく、あとは勇者達の意思次第。

考えることしばらく――勇者達は腹を決めた。

『力を貸してほしい。俺達は元の世界へ帰りたいんだ』

「よかろう、契約は成立した。これは誓約であり聖約でもある、汝等の魂に力を与えよう。戦うに相応《ふさわ》しき姿を、汝等の思い描く強者をイメージせよ」

巨大な肉玉に手を当て、アルフィアは力を流しながら生体に干渉を始めた。

肉塊はミチミチと嫌な音を立て、骨格が変形し、筋肉があるべき形へと収束していく。

同時に――。

『『『『みぎゃぁああああああああああぁぁぁぁぁっ!!』』』』

――勇者達は激痛に襲われた。

異常な肉体を生物の形へと変質させ、更に無数の魂を定着させるのだ。

結果的に五感を取り戻すことになるのだから、体の変形に対して激痛が伴うのは当然である。

やがて、肉塊は一頭の巨大な生物へと姿を変えた。

『『『『『グォオオオオオォォォォォォォォォォォォォォォォ!!』』』』』

大深緑地帯に響き渡る力強い咆哮《ほうこう》。

その姿はドラゴンに近く、腕は大小計四本。胴体は蛇のように長く、後ろ足が四本あり、漆黒の鱗《うろこ》で全身が覆われていた。

禍々《まがまが》しき獣は二対の翼をはためかせ、夜の空へと力強く舞い上がった。

「汝等は復讐の魔獣、神を僭称《せんしょう》する愚か者に裁きを与える断罪の獣。これが世界の意思、我、アルフィア・メーガスは汝等の復讐を肯定しようぞ。四神とそれに連なる者達に、我が意を持って裁きを与えるがよい。これより汝等は【滅魔龍ジャバウォック】と名乗るのじゃ!!」

再び咆哮を上げる滅魔龍ジャバウォック。

力強く巨大な四肢が天空を舞い、圧倒的な威圧感が周囲の魔物を怯《おび》えさせた。

『力が……込み上げてくる』

『やれる……殺《や》れるぞぉ!!』

『復讐の時は来たれり……』

『体を慣らすのに大物と戦ってみようぜ』

『そうだな。どれほどの力を行使できるか知る必要がある』

『ベヒモスかドラゴンなんかいないか？』

鱗に浮かび上がる人面が、これからの行動を相談し合う。

そして、今の体の能力を知るべく、勇者達は凶悪な魔物を求めて移動を開始した。

「行ったか……。ふむ、どうやら体を慣らすつもりのようじゃな。なかなか冷静に考えるではないか、頼もしいのぅ。うむ、今日の我はとても良いことをした」

飛び去る魔龍を見送りながら、邪神ちゃんはとても満足げに頷《うなず》いていた。

完全体となる日が近づいていることを確信し、心に余裕を持ったようである。

同時に四神の命日も近づいてきていることになるが——。

滅魔龍ジャバウォックがメーティス聖法神国を襲撃するのは、この日から約三ヶ月後のことである。

第十三話　おっさん、警鐘で起こされる

交易を生業《なりわい》とする商人は、何度も野営を行いながら次の街を目指す。

主に二～五グループの商人がキャラバンを組み、それぞれで雇った傭兵《ようへい》達を護衛につけ、互いに協力し合いながら危険と隣り合わせの旅を続ける。

この日も三つの商人グループがキャラバンを組み、月明かりのない夜の空の下で一夜を明かそうとキャンプをしていた。

「……嫌な夜だな」

「なんだ？　ビビッてんのかよ」

「いや……なんか妙な感じがするんだよ。俺の勘は外れたことがねぇ」

「へぇ〜そいつは凄《すげ》ぇや。博打《ばくち》じゃ、さぞ儲《もう》けてんだろうな」

「そんなんじゃねぇよ。ただ、この勘が働くときは、決まってヤバいことが起こる。警戒するに越したことはねぇ」

「だから、ビビってんだろ？」

「違う！　信じないのならそれでかまわん。俺はこの場から逃げるぞ」

商人の雇ったそれぞれの傭兵達は協力して夜の番を交代で行っていたのだが、その中の一人の傭兵が突然に体の芯から粟立《あわだ》つような言いようのない不安感を抱き騒ぎ立てた。

他の商人の護衛をしている傭兵達は彼に茶々を入れるが、二十年以上この勘を頼ってきた男は気にすることなく、傍らで眠る仲間に声を掛けた。

「おい、起きろ！」

「いでっ!?　な、何だよ、交代か？　ったく……もっと優しく起こせよな」

「違う、他の奴等を起こせ！　理由は言えん、今すぐにでもこの場から逃げるぞ」

「ん？　あぁ……いつもの勘か？」

「あぁ……凄《すご》く嫌な。ここにいたら死ぬ気がしてならない」

「分かった。他の連中を叩《たた》き起こす、警戒はしておいてくれ」

長年連れ添った傭兵仲間の男は、すぐに行動に移した。

彼らの行動は迅速で、依頼人の商人家族を眠りから起こすと、他のパーティーメンバーとともに馬車に馬を繋《つな》ぎ、この場から撤退する準備を始めた。

寝ている商人以外は皆、彼の勘の良さを知っていたのだ。

長い付き合いから、いかに信用できるか身をもって経験している。

「何ですか、こんな夜更けに……」

「いいから移動する準備をしてくれ、ここはヤバイ！」

「他の人達は何もしていないようですが？」

「他の連中のことは気にするな、生き延びたければな！」

その剣幕から、商人は渋々承諾する。

他の傭兵達にも声を掛けたのだが、そんな彼等を他の商人を護衛していた傭兵達がせせら笑い、せっかくの忠告を無視した。

それが生死を分かつなど誰も思っておらず、男は彼等を無視して撤収作業を急がせた。

「準備できたぞ！」

「よし、今すぐ移動だ！」

「いつもの勘ね……。何度も命を救われているけど、正直、夜更かしは美容に悪いのよね」

「死んだら美容なんて言ってられねぇぞ？」

「分かってるわよ」

理解ある頼もしい仲間達だった。

彼等は依頼主の商人を伴い、二台の馬車でその場を離れる。

それと同時に、平原に蠢《うごめ》く何かを発見した。

「お、おい……アレ……」

「……ゾンビか？」

干からびた体、しかしその目は異質な光が灯《とも》っている。

普通のゾンビであれば、足取りの覚束《おぼつか》ない夢遊病者の如く徘徊《はいかい》するのだが、このゾンビ達の動きは異様に速かった。

そして、先ほどまでいたキャンプ地に殺到した。

「うあぁああああああああぁっ!!」

「く、来るな…ギャァアアアアアアアアア!!」

「た、助け……」

男の忠告を聞かなかった傭兵達は襲われ、依頼主でもある商人の家族もまたゾンビに襲われ絶命した。

いや、彼等はゾンビの仲間に加わった。

危機に対して敏感でない者は長生きできない。

彼等は生存の可能性を自ら放棄したのだ。

「……な、なんて数だ」

「嘘《うそ》……でしょう。何よ、アレ………」

「勘が当たったな……。ヤバいぞ、これは………」

手綱を握る御者以外の者達は、キャンプ地の凄惨《せいさん》な状況を見て言葉をなくした。

だが、これで終わりではない。ゾンビなどのアンデッドは生者を感知して襲いかかる。

つまり、次の標的は自分達なのだ。

「重い荷物は捨てたほうがいいな」

「そ、そんな……これを売らねばウチの商会は……」

「命あっての物種だろ！　事が済んだら回収しに来ればいい」

「クッ……ですが、依頼料は払えなくなりますよ」

「仕方がない。俺達も死にたくはないからな。このことを街に知らせて情報料を貰《もら》うとするさ」

形振《なりふ》りかまっていられない状況の中、彼等は生き延びるために荷物を捨てた。

その甲斐《かい》もあってか、商人の家族と傭兵達は翌朝、無事に街へと辿《たど》り着くことができた。

ルナ・サークの街へと――。

◇　◇　◇　◇　◇　◇　◇

死体に憑依《ひょうい》したシャランラ達悪霊は、大きな問題に直面した。

ゾンビを嗾《けしか》け、被害者を装い街へと侵入するつもりだったのだが、ゾンビ達は言うことを聞かなかった。それどころか本能に従い生物に率先して襲いかかるほどだ。

一日で三つの村を襲い、命が溢《あふ》れる場所を目指して勝手に移動していく。しかも仲間を増やしてだ。進軍速度が恐ろしく速い。

『姐《あね》さん……どうすんですかい？』

『これは手に負えないわね。他の街へ移動しましょう』

『アレは放置かよ』

『どうしようもないわよ。それよりも私達は目的があるでしょ、あんなゾンビと行動したら獲物に逃げられるじゃない！』

『違いねぇ、なら街道を移動して別の街を襲いやしょうぜ』

こうしてシャランラ達は別の街へと移動することにする。

だが、シャランラ達はこのとき大きな見落としをしていた。

自分達もまた人格が異常をきたし、魔物へと変貌を遂げ始めていることを――。

肉体を得て復活するつもりが、生物を襲うことが目的に変わり始めていることなど、彼女達は全く気付いていなかった。

そして、もう一つ問題が発生する。

『ヘッ、悪いがここまでだ。あんたらは勝手に逃げてくれや、俺達は好き勝手にやらせてもらうからよ』

『ちょ、あんた等！　私を裏切るつもり？』

『なんで女の尻に敷かれなくちゃなんねぇんだよ。俺は女の上に乗るほうが好きなんでな、ついでに生き返る方法が分かった以上、あんたに付き合う義理はねぇよ』

『待ちなさい！』

まさかの裏切り。

魂達の一部がシャランラの意思に反抗し、分離して他のゾンビに憑依した。

悪霊群は所詮《しょせん》魂の集合体なので、ブレーンである魂の意にそぐわない別の魂が反発した場合に限り、こうした分離現象が稀《まれ》に起こる。

結果として今ある力は半減してしまうのだった。

そして、走り続けるゾンビに紛れ、分離した悪霊達は闇の中へ消えていった。

『先を越されたな、巧《うま》いことやりやがって』

『チッ、仕方がねぇ。次を狙うさ』

『早くどっかの街でも襲おうぜ』

『あんた等……覚えてなさい！』

シャランラに人望はなかった。

◇　◇　◇　◇　◇　◇

早朝。

宿で寝ていた学《まなぶ》は、ルナ・サークの衛兵に叩き起こされた。

眠い目をこすりながら宿の一階に下りると、守備隊の団長と思《おぼ》しき男が恭しく頭を下げる。

「何かあったんですか？　ふあぁ～……」

「ええ、先ほどのことですが、商人の馬車がこの街に逃げ込んできまして」

「魔物か何かに襲われたのかな？」

「……ゾンビの大軍です」

「……えっ？　ゾンビ？」

学の知るゾンビはそんなに強いモンスターではない。

ダンジョンでも雑魚中の雑魚で、大軍で襲いかかるような知能はなかった。

動きも緩慢で、経験値稼ぎには楽な相手程度の認識である。

しかしその知識は正しくない。

アンデッドにも変異体など個体能力差があるのだ。

「ゾンビって、そんなに強いモンスターじゃなかったはずだけど？」

「それが、駆け込んできた傭兵達の話ですと、恐ろしく動きが速かったとのことです。馬車に迫る勢いだったとか」

「馬車に!?　ん～……パターンで言うなら、体のリミッターが外れたとかそんな感じかな？」

「聞き出した話によれば、二組の商人とその護衛に当たる傭兵達が襲われ、いち早く危険を察知して逃げ出した彼等も追いかけられたそうです」

「それ、グールじゃないの？」

「グールの体は損傷していても干からびませんよ。それに……ゾンビの中には酷《ひど》い損傷のあった個体もいたそうです」

「……まさか、既に他の村や街が襲われたとか」

ゾンビなどのアンデッドは死者に悪霊が憑依した魔物だが、本来仲間を増やすことはない。

いや、正確にはできないはずなのである。

何しろ死体に霊が憑依することで魔物に変化するため、仲間を増やすにはどうしても霊の存在が欠かせないのだ。それでも増える理由。それはアンデッド特有の瘴気《しょうき》が周辺の悪霊を呼び込み、襲われた犠牲者の魂を汚染し、憑依させることで同族と化すからだ。

対抗するには神官や司祭の【浄化《ピュリフィケイション》】が有効だが、元より魔力がなければ時間経過で勝手に自滅していくので、事実上はさほど脅威とは言いがたい魔物でもあった。

「ゾンビって、脳が腐っているから、そんなに強くないはずだよね？」

「群れをなして移動しているとなると、ダンジョンのゾンビとは明らかに異なります」

「まるで映画に出てくるヤツみたいだ……。どっかの会社がウィルスでもばら撒《ま》いたのかな？　バイオハザードを起こしたとか……」

「ハァ？」

明らかにダンジョンや自然発生のゾンビとは異なる挙動だった。

馬車で逃げる者を走って追いかけるゾンビ。学の知る限りでは、少なくともそんな個体に相対したことはない。

「その傭兵達が逃げてきた方向に監視の目を集中させて。あと、逆方向の先に街や村があるなら、避難勧告の早馬も走らせるべきだと思う」

「確かに……。では」

「うん、被害が出る前に行動してほしい。この街で防衛しても、他に流れたゾンビが別の集落を襲うかもしれないしね。場合によっては籠城戦になるよ」

「分かりました。では、籠城を想定した準備をするよう伝えることにします。我等はこれより勇者殿の指示に従います」

「街の領主にも伝えてほしい、頼んだよ」

衛兵は宿を出たあと、すぐに詰め所に向けて走り出した。

この場に勇者がいる以上、全ての命令権限は領主より勇者である学が優先される。

これがメーティス聖法神国のルールである。

『それにしても……』

走る馬車に迫る勢いで追いかけてくるゾンビ。

話を聞く限りだとそれこそ映画で見たゾンビに近く、嫌な予感がしてならない。

同時に映画の映像を思い出し身震いした。フィクションでも充分に怖かったのに、それが現実だと知ると更に恐怖感が高まる。

『まさか、転生者の仕業じゃないよな？』

目的不明の転生者の存在は確かにあやしいが、アンデッドを作り出すような人間がいるとは考えたくない。それこそ人格が壊れた人間でなければゾンビなど作らないだろう。

また、転生者が原因だという証拠もなく、現時点ではただの憶測《おくそく》だと途中で気付いた。

『となると、人為的ではなく自然発生型のゾンビか？　あぁ〜、なんで厄介事がこうも立て続けに起きるかな！』

聖都であるマハ・ルタートの崩壊をきっかけに、人命救助や治安維持活動、果ては魔物や盗賊退治など最近の勇者達はなにかと忙しい。

ほとんど休みなく東へ西へと動かされ、ついでに内政に関する書類整理までやらされる始末だ。

正直こんなブラックな国から出ていきたい気分である。

既に勇者は召喚された当初の四分の一しか残っておらず、行方不明の者達は事実上戦死扱いだ。

他国に調査へ向かった勇者達も、何かと理由をつけてメーティス聖法神国に戻ろうとしない。

はっきり言って人手不足だった。

『田辺《たなべ》でも一条《いちじょう》でもいいから、戻ってきてくれないかなぁ～……ハァ』

弱気になろうと、愚痴を呟《つぶや》こうと、状況は変わらない。

世の不条理を実感しつつ、学は部屋に戻って着替えるのであった。

その頃、どこぞのおっさん達は向かいの宿で爆睡をかましていた。

◇　◇　◇　◇　◇　◇

街門は閉じられ、ルナ・サークの街は即時厳戒態勢に入った。

衛兵や守備騎士隊が忙《せわ》しなく走り回り、防衛戦の準備を始めている。

同時に傭兵ギルドにも通達され、戦争状態へと突入したかの様相だった。

「矢の補充はどうした！」

「保管してあるものだけです！　あれで最後になります」

「クソッ、予算削減がこんなときに祟《たた》るか！　上の連中には責任を取ってもらうぞ」

マハ・ルタートの崩壊で政治状況が不安定になり、更にルーダ・イルルゥ平原での敗戦が後を引いていた。

どこも人手不足のうえに予算が削減され、一番の煽《あお》りを食らったのが軍備である。

また、魔法薬は禁忌とされているので、神官や司祭はこうした状況で後方にいることが多い。

神聖魔法が使える騎士も聖騎士団所属になるため、守備隊などの騎士達は回復に難儀してしまう。

群れなすゾンビの数が判明しない以上、こちらから打って出るわけにはいかないのだ。

「まぁ、相手がゾンビなのが救いだな。所詮はただの動く屍《しかばね》、さほど強くはない」

「そうですね。この【タネガシマ】も、もう少し配備されれば楽になるんですが」

「火薬の製造が巧《うま》くいかないらしい。こればかりはどうしようもない」

「ゾンビに通用するんですかね？」

「知らん。だが、ないよりはマシだ」

この時、衛兵や守備騎士達はたかがゾンビ程度と楽観していた。

彼等にもゾンビという魔物は弱いという認識がまかり通っており、数が多くても苦戦することはないと考えている。その認識は間違いではなかった。

少なくとも昨日までは。

「傭兵達の準備は？」

「今朝から招集していますが、あまり多くはないですね。百五十名くらいでしょうか」

「ふむ……まぁ、ゾンビの露払いくらいはできるか。一人あたり十体は楽に相手できるだろうからな」

「籠城戦をする意味があるんですかね？」

「勇者様の命令だからな、俺達には何も言えんさ。まぁ、楽に終わるだろう」

門の前には招集された傭兵達が待機し、出番を待ち望んでいる。

隣国からの交易が途絶え、彼等は暇な状況が続いていた。ここで収入を得なければ生活が苦しいのだ。

商人の護衛などは信用がある者達しか任せてもらえず、ならず者予備軍のような連中は常に貧乏なのだ。今日、酒を飲む金すらない者もいた。

「見えたぞ！　東に第一陣」

見張りは、第一陣のゾンビの姿を確認した。

その報告はすぐに指揮する者に伝えられる。

「来たか、先鋒《せんぽう》の数はどれほどだ？」

「約二十、見た限りではゾンビの数はそれほど多くありませんね」

「ふむ……傭兵達を先に出して様子を見るか」

ルナ・サークの街周辺は鬱蒼《うっそう》と草が生い茂る平原だ。

森もいくつか周囲にあり、そちらから別働隊が来ている可能性も捨てきれない。

また、もう一つの問題があった。

それは――。

『たかがゾンビ如きで随分と慎重なことだ。勇者なんていってもやはりガキだな、ここで手柄を上げれば俺も上に行けるかもしれん』

――守備騎士隊を率いる隊長が出世欲を持っていることだった。

本来であれば、総指揮官である勇者の学に指示を仰がねばならない立場なのだが、彼はその出世欲が災いして独断専行してしまう。

「傭兵達を出せ！　敵の数を今のうちに減らす」

「いいんですか？　ここは勇者様に指示を仰ぐべきでは……」

「勇者の手を患わせるわけにもいかん。最近の盗賊退治などでお疲れだからな、少しでも休んでいてもらおう」

「は、はぁ……」

そして、閉ざされた門を開け傭兵達が先発隊として出陣した。

その様子を見ていた見張りの兵は、次の瞬間に驚くべき光景を目の当たりにする。

門から出た傭兵達は真っ直《す》ぐにゾンビ達へ向かっていった。

だが、突如として草むらから他のゾンビが立ち上がり、傭兵達に向かって一斉に動き出したのだ。

「なっ⁉」

その数は千を超えていた。

よく見れば動物型のゾンビや、中にはゴブリンやオークの姿まで見られる。

それらは瞬く間に傭兵達に襲いかかり、血飛沫《ちしぶき》が上がる。

「ギャアアアアアアアアアアア‼」

「た、たすけ……ゴフッ」

「ひぃ⁉　なんなんだよ、コイツら‼」

「来るな、来るなぁ‼」

一瞬で傭兵の先鋒隊は全滅。

そして、ゾンビの群れはルナ・サークに向けて殺到する。

「傭兵隊、全滅‼　ゾンビがこちらに向けて侵攻開始‼」

「いかん！　直《ただ》ちに門を閉めろ‼」

ゾンビの動きは異常なほど速かった。

辛うじて門を閉じることはできたが、もう外はゾンビで溢れかえっている。

更に、先ほど襲われた傭兵の死体も起き上がると、新たな敵として群れの中に加わり、敵を増やす結果になってしまった。

「嘘だろ……ゾンビ化が早すぎる」

「何なんだよ、コイツら……ありえねぇ」

彼等の知る常識からかけ離れていた。

この世界に住む多くの者達は知らなかった。

それはゾンビを生み出した元凶も同じだ。

今襲撃してくるゾンビは犠牲者を確実にゾンビ化させていた。

しかも傭兵達が太刀打ちできないほど力が強く、中には巧みに剣を操る個体も存在していた。

これは明らかに異常である。

「や、矢を射ろ！　火矢だ!!」

「了解！」

焦りから、ゾンビに有効な火葬を試す衛兵と騎士達。

防壁の上から火矢がゾンビに向けて放たれる。

だが――。

「なんで燃えねぇんだ……」

「それどころか……」

「あぁ……火を纏《まと》っているだとぉ!?　ありえん!!」

全身を炎に包まれながらも、ゾンビは燃え尽きることはなかった。

いや、燃えているゾンビも存在しているが、逆にその炎を受け入れ、自身の力にする個体の方が多かった。

「ありゃぁ～、もう戦闘が始まってるよ。なんで俺に連絡してこないんだ？」

「ゆ、勇者だ……」

「勇者様が来てくれたぞ！」

勇者が率いる聖騎士団。

メーティス聖法神国の最強部隊であり、全員が神聖魔法を使えるエリートである。彼等の存在は、この場にいる者達に希望を持たせた。

「状況は……悪いみたいだね。弱点の火が効果なしか、これは浄化するしかないかな……。浄化の準備を、射程が短いからよく狙って」

「「「「「ハッ！」」」」」

一足遅れで、対ゾンビ戦に勇者が参戦した。

◇　◇　◇　◇　◇　◇

――カン！　カン！　カン！

ルナ・サークの街に警鐘が鳴り響く。

「……なんだろねぇ？」

「つせぇな……人が気持ち良く寝てんのに」

「アド君、君は寝起きが悪いほうかい？　ものっそ機嫌が悪いようだけど」

「野宿から解放されて、やっとまともに寝られたってのに、安眠から叩き起こされたんだぞ？　機嫌が悪くなっても仕方ないだろ」

「たった二日の野宿で大げさな」

宿で寝ていたゼロス達は、微睡《まどろ》みの中から叩き起こされた。

正直もう少し寝ていたかったが、ここまで騒がしいと二度寝する気すら起こらない。

「何かあったかな……ん？」

カーテンを開けて街の様子を窺《うかが》うと、昨日見かけた勇者君がフル装備で宿から駆け出してくる姿が目に留まる。

「ん～……昨日の勇者君が急いで出ていったところだねぇ。かなりヤバいことが起きたんじゃないかな？」

「例のミイラつうかゾンビつうか、の製造機か？」

「製造機かどうかは分からないが、そうかもしれない。どうする？　様子を見に行くかい？」

「行きたくないけど、行かないと駄目なんだろうな。これは仕事だし……」

「だよねぇ～……」

やる気なしのダルダルなおっさん達だった。

しかしこれも仕事である。

仮にも公爵家から依頼を受けている立場なので、ここで放棄するとあとが怖い。

何より、デルサシス公爵の間者がどこに潜んでいるか分からないのだ。

裏の情報すら仕入れることのできるデルサシス公爵が、ゼロス達の怠慢を見逃すとは思えない。

また、監視がいないとしても、どこかで情報を得ることは充分に考えられる。

「あの人を敵に回したくないしさぁ～、面倒でも手掛かり探しに行かないと駄目だよねぇ」

「敵に回すには怖すぎる人だからな、諦めるしかないか……」

「眠いんだよねぇ～」

「眠いな……」

「「…………」」

ふかふかで温かいベッドは、二人のやる気を根元から奪っていた。

少しの間、放心していたが、仕方なく二人揃《そろ》って着替え始める。

その間、眠気で一言も発することはなかった。

「……あっ、そういえば銃の使い方を教えたっけ？」

「あん？　魔力を流して安全装置を外し、引き金を引けば弾が勝手に発射されるんじゃないのか？」

「見た目は銃だけど、構造が少々違うんだよ。チャンバー内の魔法式を発動させて弾を撃ち出すから、基本的に薬莢《やっきょう》は必要ない。だから弾数も多い。ショットガンは別だけどね」

「ん～……使用者の魔力を消費して使うことは聞いたな。魔力を流しすぎるのも危険だったたっけか？」

「ついでに、魔法を弾に付与することができることも言ったよね。鉄と鉛の合金に魔石の粉末を混入しているから、着弾と同時に魔法が発動すると思う」

「それ、ヤバくねぇか？　俺達の魔法って……」

魔法の威力に関係なく弾一発につき、一つの魔法を付与させることができるわけだ。そこには単発の魔法から広範囲魔法まで種類の制限もない。

地球の銃よりも威力の面でかなり危険な代物だった。

「まぁ、魔石入りの弾はあまり作れなかったから、基本は鉛玉がメインになるけどねぇ。それでも威力は魔力次第で高くなるから、アド君も使うときは充分に気をつけてくれ」

ダラダラと話をしながら、二人は宿屋の階段を下りていった。

すると、営業時間にもかかわらず、宿の主人が慌てた様子で戸締まりを始めている。

「お客さん、大変ですよ！」

「どうかしましたか？」

「街に厳戒態勢が敷かれたんですよ、住民は外に出るなと衛兵が伝えてきまして……」

「おいおい、戦争でも始まったのかよ」

「詳しくは分からないんですがね、なんでもゾンビの大群がこの街に迫ってきているらしく、万が一のためにも厳重に戸締まりして、外に出てはならないと言っているんです。これじゃ、商売あがったりですわ」

「『ゾンビより商売の方が大事なんだ……』」

緊急事態なはずなのに、宿屋の主《あるじ》の心配は少しズレていた。

それよりも気になるのは『ゾンビの大群』という言葉だ。言葉の意味を要約すると、群れを成すほどに人間が襲われたということになる。

「ご主人、この街の近くに村や街はありますかね？」

「銅山の街と村が九ヶ所ほどありますが……まさか!?」

「その街や村、おそらく全滅したな……。進路上の集落を襲って勢力が拡大したんだろ。ったく、どこのバイオハザードだよ」

「七日に一度のゾンビ祭りかもしれないよ？　人口数にもよるが、どこまで規模が膨れ上がったかが問題かねぇ。原因も不明なままだし、ただ厄介事に巻き込まれただけだからなぁ〜……」

昨日、ゾンビ化したミイラを相手に、その異常性を身をもって体験したゼロスとアド。

やはりあのとき火葬したゾンビと同類のものが襲ってきていると考えるべきだろう。

「……様子を見に行こうか？　騎士や衛兵が負けると、こっちもヤバそうだからねぇ」

「ここまで来て、行かないわけにはいかないだろ」

二人とも仕事はきっちりこなすタイプだった。

「お客さん、行くんですかい？」

「まぁ、騎士達が敗北したらこちらも危ないですし、様子見ですよ」

「気をつけてくださいよ？　食事の用意もしてありますから」

「朝食前の運動に暴れてくるさ」

朝食というにはあまりに遅い時間だ。

あと二時間くらいで昼になる。

「それじゃ、行きますかね」

ローブを翻し、ゼロスとアドは宿を出た。

◇◇◇◇◇◇◇

二人が街門前に辿り着いたとき、既に戦闘は始まっていた。

上から火矢を放ち抵抗しているようだが、様子からさほど効果がないように見えた。

どうやら街門周辺にゾンビが殺到しているようである。

「……頑張ってるようだな」

「生存を賭けた戦いだから、誰もが必死になるだろうさ。それに、それが彼等のお仕事だからねぇ」

「軍隊の任務より危険じゃないか？」

「ある意味ではそうだね。安月給なのは同じだけど」

「ここの兵は東と北の国境ほどは士気が高いとは思えないんだが、ゼロスさん的にはどう見てるんだ？」

「南側は国境に面していてもしばらく戦争がなかった。訓練はしているだろうけど、危機感は低いと思うねぇ。長期戦になったら逃げ出すかもしれないなぁ～」

衛士や衛兵の給料は安いが、騎士は衛兵より高く、衛兵の指揮官と同等となる。

ここでなぜ給料の話になるかといえば、士気に関わる問題だからだ。

衛士、衛兵は民の中から一般募集される兵力で、騎士や聖騎士は神官職に就いている家系の子息達が多い。一般人が騎士になるには相応の功績か、年に一度の試験に合格しなくてはならなかった。

国を守りたいという正義感で騎士を目指している者もいるが、そのほとんどは少しでも高給取りになりたいと思っている者達であり、そんな連中が死んでまで街を守り続けるとは思えない。

また、ルナ・サークの街はソリステア魔法王国に面しているが、大国に攻め込む小国はいないと慢心しており、兵力差という安心感が逆に油断となっていた。

勇者率いる聖騎士団が駐留していたのは幸いだったが、敵がゾンビということもあり、この街の衛兵や騎士達は内心で油断しきった状態である。

「外壁の上で指揮をしているのが、昨日見た勇者君かな？　見たところ手こずっているようだねぇ」

「俺達が昨日戦ったゾンビは強くなかったがな」

「三流ホラーゲームか映画系統のゾンビだったよねぇ。相手にするのが面倒だったから、速攻で火葬したけど」

「勇者達で勝てると思うか？　アイツら程度の浄化魔法が効くとは思えねぇんだけど」

メーティス聖法神国に入る前に、ゼロス達はミイラ化した不法移民のゾンビと戦闘した。

ただ、チートな二人の敵ではなかっただけで、勇者や聖騎士を相手にするといかほどの強さなのか、強すぎる二人には把握できない状況にある。

しかも今いる場所はゼロス達にとっては敵地にも等しい。

目立つ行動は極力したくないのが正直なところだ。

「装備チェンジして出たほうがいいか？　一応最強装備もあるし」

「顔は仮面で隠すけどね。ついでに、勇者達の戦い方を拝見させてもらおう。僕達がいきなり出張るのは無粋だしねぇ」

「犠牲者が出るんじゃね？」

「それをどうにかするのが彼等のお仕事だよ。僕らは僕らの仕事をするだけさ」

「お手並み拝見か……。ゾンビが街に侵入したら出張るってことでいいのか？」

「それで充分。見せてもらおうじゃないか、メーティス聖法神国の勇者の力とやらを」

「そのセリフ、言ってみたかっただけじゃないよな？　言葉で俺を思考誘導してないよな？　街に侵入された時点で普通にヤバいと思うんだが……」

アドの疑惑の目が痛い。

いくらおっさんでも、言ってみたいセリフのためだけに他人を犠牲にしようとは思わない。

ただの偶然である。

しかし、【ソード・アンド・ソーサリス】で前例があるだけに、どうもアドには信用されていないようだ。

ちょっぴりセンチになりながら、おっさんは煙草《たばこ》に火をつけた。

第十四話　おっさん、防衛戦を眺める

ルナ・サークの街の防壁の外にゾンビが殺到していた。

全身が干からびている体なのに、その膂力《りょりょく》は凄《すさ》まじく、外壁をよじ登ってくるほどだ。

それを必死で叩《たた》き落とし、上から無数の矢を放った。

だが元より死者であるゾンビに効果はなく、再び獲物を求めて復帰する。

「また登ってきたぞ!?」

「聖騎士、神官達は神聖魔法を!!」

「大いなる御名《みな》にて、穢《けが》れ摂理より外れし哀れな魂に、慈悲なる癒《いや》しと魂の安息を。【浄化《ピュリフィケイション》】!!」

浄化の光に包まれたゾンビは、体から黒い霧のようなものを放出して壁から落下していく。

だが、しばらく地面で倒れていたゾンビは再び起き上がると、体の損傷など無視して再び外壁に取りつく。

「また駄目か……なぜ浄化が通じない!」

「矢が足りないぞ!」

「火縄銃もまるで役にたたんし、どうしろというんだ!」

このゾンビ達の耐久力は異常だった。

彼等の知る限り、ゾンビとは死体に悪霊が取り憑《つ》いた存在で、【浄化】の神聖魔法で充分に対応できる存在のはずだった。

衛兵達も過去にゾンビを相手にした経験はあったが、この異質なゾンビは対処のしようがない。

『浄化が通じない……つまり悪霊などは取り憑いていないってことか？　死体だけが勝手に動き、人間を襲っている？』

学《まなぶ》は正気を失いそうだった。

そんなモンスターがいたなど、今まで聞いたこともなかった。

ダンジョンなどのゾンビは回復魔法でも充分に倒せる程度で、ここまで手を焼かせるような存在ではない。似た存在のグールでも神聖魔法があれば対処が容易な相手であった。

『魔法耐性が強いのか？　しかも火で燃やそうとしても効果がないし……』

油をかけ、火矢を射てもゾンビは倒れない。

何度やっても効果がない。

多少動きが遅くなる程度であったが、どうしても倒しきれなかった。

これではいずれこちらが追い込まれてしまう。

「うわぁあああああぁぁぁぁぁっ!!」

一人の聖騎士がゾンビに掴《つか》まれ、外壁の外側に落下する。

その聖騎士にゾンビ達は一斉に群がった。

「た、助け……ギャァアァァァァァァァァァ!!　痛い、痛いぃぃっ!!」

ゾンビ達は聖騎士に食らいつく。

まるで飢えを満たすかのように噛《か》みつき、肉を引き千切り、血を啜《すす》った。

あまりの光景に言葉をなくす騎士や衛兵達。

「ま、まさか……あのゾンビは死者ではないのか!?　アンデッドでなく生きている人間なら、浄化が通じるわけがない」

「そんな馬鹿な!?　では、あれが生きた人間だと言うのですか!?」

「そう考えなければ辻褄《つじつま》が合わないんだよ！　浄化はアンデッドに有効な神聖魔法だ。それが通じないということは、必然的に死んでいないってことになる」

学の導き出した予想は、残念ながら正解ではない。

実を言えば、このゾンビ達は有機的な素材で作られたロボットのような存在だった。

そんなものが誕生したそもそもの原因は、元勇者達の魂がシャランラの遺灰を媒体に活動し、盗賊達を襲ったことにある。

群霊は霊体の数が増えることで能力や力を増し、ときに能力そのものが変化する。

そして、シャランラを含む盗賊達の魂に群霊は乗っ取られ、主導権が彼女に移ったことにより群霊は全く別の存在へと変化した。

死体をロボットのように変えてしまう能力を得たのだ。

被害者から血液ごと魔力を吸収する際、一度体内の血液に混ざり死体を掌握するのだが、その際に残滓《ざんし》がわずかに残り、それによって死体がロボットと化してしまうのだ。

このロボット化した遺体は当然ながらエネルギーがなければ動くことはできない。

そのエネルギーとなるのが魔力なのだが——こともあろうか、死体の中の残滓は動くためのエネルギーを求め、人や生物を求め勝手に動き出したのだ。

しかも困ったことに、この死体に残された群霊の残滓には勇者のスキルなどが微妙に含まれていた。劣化コピーと言い換えてもいいだろう。

火矢が通じないのも浄化が通じないのも全て、勇者の耐性スキルが働いているからである。

また、死体を動かしている意思ともいうべき群霊の残滓は、魔力を生者から奪わなければ消滅してしまうという欠陥がある。自己保存と言ってよいのか分からないが、群霊の残滓は必然的に生者の魔力に惹《ひ》かれ、暴走状態となる。それが今起きている大量のゾンビによる街の襲撃であった。

だが、緊急事態で場が混乱している現場で、そこまで調べることなど不可能である。

自分の持つ知識と経験に当て嵌《は》め、憶測《おくそく》を立てるしかなかった。

しかし学がそこに気付くわけもない。

「よ、よく見ると……奴等の体が再生しているように見えます」

「見た目とは裏腹に強靭《きょうじん》だし、しかも再生能力つき……いや、修復か？　しかも凶暴……貧乏くじを引いちゃったなぁ～……」

「何を暢気《のんき》なことを言ってるんですか!!」

学は勇者なので他の騎士達よりも遥《はる》かに強い。

しかし、群がるゾンビを一人で相手にできるほど無敵というわけではない。

『そもそも、あれをゾンビと言っていいのか？　別物だろぉ!!　なんで映画みたいな展開に巻き込まれてんの、俺ぇ!!』

正直、泣きたい気分だった。

こんなバイオテロのクリーチャーを相手にするには、それこそ地球の破壊力のある武器が必要だ。何しろ食われた被害者もゾンビの仲間入りをするのだから。

一撃で原形を留《とど》めないほどに破壊しなくては、こちらの被害が増え続けることになる。

「どうすんだよ、こんなの……」

魔法耐性、炎耐性、圧倒的な増殖力に肉体の強化とリミッター解除状態。

剛力、俊敏、探知と地味に面倒なオマケ付きだ。

「また防壁を上がってきたぞ!?」

「迎撃しろ！　一匹たりとも街へ入れるなぁ!!」

何体かのゾンビが別の方向から外壁に上がり、衛兵達に襲いかかった。

下からよじ登ってくるゾンビを叩き落としていた者達は、ちょうど真横から襲撃された形となり、防壁の上は乱戦の場と化しつつある。

「ちょっと出てくる」

「指揮はどうするんですか!?」

「登ってくる奴等を叩き落としていて。すぐに戻るよ……」

学は走った。

彼はちょうど中央で指揮を執っていたので、壁の上に侵入したゾンビまで距離がある。

自分が辿《たど》り着くまでに犠牲者が出るかもしれないが、それでも人命を優先して全力で走る。

それは地球ではありえない、常人の出せる速さではなかった。

『レベルが上がると、超人的体力になるからなぁ～。スピードを上げると小回りが利かなくなるけど、緊急事態だし……。これならギリギリ間に合うかな？』

レベル４８１の学は、この世界に来てから生き残ることに専念していた。

メーティス聖法神国にあるダンジョン――【試練の迷宮】で必死にレベルを上げ、騎士達と共に剣術の訓練を毎日行い、そのうえで四神教に逆らわないように振る舞ってきた。

幸いといっていいのか、騎士と長く訓練を積んできた彼は、騎士達にかなり評判が良い。

死線でも前衛に立つ学の姿が理想の勇者像として映っていたのだ。

配下には信頼関係を築いてきた者も多く、見捨てる気にもなれない。指揮官としては失格だろう。

慎重に行動していたはずなのに、非情になりきれない性格が災いして今日まで至っている。

学は部下に『死んでこい』と言えないのだ。

『なんでこんなことになっているかね……。自分の甘さが嫌になる』

異常なゾンビを前に嫌な予感がしてならない。

その予感が的中するところを、学は目撃してしまうことになる。

「グァァアアアアアアアアッ!!」

壁の上は狭い通路状になっており、大勢で攻めるには不利な場所だ。

そして、大半の衛兵や騎士は剣と槍《やり》を装備しており、相手を近づけさせないためには槍は有効だった。

しかし、それは人間ならばの話である。

衛兵の一人が槍でゾンビを貫いたが、ゾンビは前進を止めずに衛兵の喉に食らいつき、彼の血液を啜る。

仲間の衛兵も引き剥《は》がそうとして様々な攻撃を加えたが、ゾンビは尋常でない力でしがみつき、衛兵から離れようとしない。

組み付かれた衛兵は体から血液が抜かれ、瞬く間に干からびていった。

「クソッ!　この野郎!!」

「ア～……グヘ……」

衛兵の一人が、仲間の遺体から離れた瞬間にゾンビの足を切り落とす。

そのままトドメを刺そうとゾンビに迫るが、いきなり彼の足を何かに掴まれ倒れてしまう。

彼の足を掴んでいたのは、仲間であった衛兵。たった今ゾンビに殺された男だった。

「アヴェエ～……」

「もう……ゾンビに!?」

「離れろ!!」

先ほどまで仲間であったゾンビを他の衛兵が何度も蹴りつける。

だが、ゾンビは蹴られても足に食らいつき鎧《よろい》をかみ砕くと、傷口から吹き出した血を啜った。血液に対して凄まじい執着だった。

「おとなしく死ねぇ!!」

学が剣を抜き、衛兵だったゾンビを斬り捨てる。

頭部が石畳の上に転がった。

しかし頭部を失ってもなお体は動き、ゆっくりと立ち上がると生者を求めて歩き出す。

いや、求めているのは血液――魔力だ。

「【光刃斬撃《こうじんざんげき》】」

学の放った剣戟《けんげき》がゾンビの体に無数の軌跡となって奔《はし》った。

かつて人間だった者はその場でバラバラに解体され、石畳の上で無残に転がる。

パーツ別に分断された人間の部位は、黒い霧を流しながらもまだ動いていた。

「……これでもまだ動くのかよ。どんだけしぶといんだ」

「勇者様！　まだ奴等が……」

「まったく……どうやったら殺せるんだ。この化け物……」

散乱したゾンビを放置して、学は他のゾンビに斬りかかった。

◇　◇　◇　◇　◇　◇　◇

「う～ん……。勇者君は頑張っているねぇ」

「俺達は見てるだけでいいのか？」

交戦状態の聖騎士団を含めた防衛陣を、ゼロス達は誰にも目撃されないよう魔法で結界を張り観察していた。

壁の上では勇者が獅子奮迅《ししふんじん》の活躍でゾンビを倒し、防衛側の陣営の士気はどんどん高まっていく。

しかしゼロスには何か妙な予感がしてならない。

「なぁ、ゼロスさん……。あの斬られたゾンビ、黒い霧状のものを吹き出してなかったか？」

「出てたねぇ～。ゾンビはソード・アンド・ソーサリスにもいたけど、あそこまでしぶとくはなかった。浄化で簡単に倒せたし」

「効果がないようだぞ？　耐性持ちとなると、突然変異か？」

「確証はないけど、おそらくそうだろう。むしろゾンビでなく、黒い霧が本体なのかもしれないねぇ」

「となると、死霊系……レギオンか？　死体を操るヤツがいただろ」

「どうだろう。ひょっとしたら未知のウィルスだったりして……」

「おいおい、冗談はやめてくれよ。バイオハザードなんて洒落《しゃれ》にならねぇぞ!?」

「どっちかっていうと、パンデミックじゃないかね？」

事故による誘発感染か、あるいは自然発生の感染拡大か。

どちらにしても今のところ原因は不明だが、ミイラ化並びにゾンビ発生の糸口は見えた気がした。

それにしても二人はあまりに暢気すぎる。

状況は悪化し、勇者達防衛組は防壁中央に押されつつある。

階段のところまで押し込まれたら街に被害が出てしまうだろう。

「あの黒い霧状のものが死霊かウィルスかはともかくとして、あれが原因だということは疑いようもなさそうだね」

「あからさまにあやしいからな。んで、これからどうする？　俺達も参戦するか？」

「ん～……もう少し見ていようか」

「いくら何でも、それは酷《ひど》くね？」

「いやね、僕らは素性を探られてはいけない立場だよ？　フル装備に仮面を着けたとはいえ、とても安心はできないからねぇ」

ゼロスの装備は殲滅者《せんめつしゃ》として有名となったいつもの神官風真っ黒装備。

アドはいつもの装備で、二人が並ぶといかにも厨二病《ちゅうにびょう》心を擽《くすぐ》る、実に香ばしいものであった。

ゲームではさほど違和感はないのだが、現実で見るとかなり痛々しい。

「今さらだが、俺等の格好の方が逆に目立つんじゃね？　めっちゃ人目を惹《ひ》きそうなんだが……」

「だから仮面を着けているんだろ？　魔法でステルスしてるし」

「なんでゼロスさんが鬼を模したアイマスクで、俺がどこぞの劇場に不法定住している怪人マスクなんだよ。女性の役者をストーキングしろと？」

「その時はアド君がユイさんに刺されるね。まぁ、冗談はともかく……他に仮面がなかったんだよ。ファントムは若いほうがいいじゃないか」

「むしろ、なんでこんなマスクを持っているのか気になるんだが……。おっと、衛兵がこちらに来たぞ？」

「負傷者の搬送のようだねぇ」

結界を張っているので気付かれることはないが、リスクは最小限に留めるつもりであった。

衛兵は負傷した同僚を肩で支え、治療にあたる神官のところへ向かう最中のようだ。

「おい、どうしちまったんだ!!　気をしっかり持て、神官達のところまでもうすぐだぞ!!」

「うっ……うぅ……」

見た限りでは脛《すね》当てが壊され、そこから出血している。

この程度の傷であれば戦うことも可能だ。

しかし背負われた衛兵は重病のように苦しみ、額から大量の汗が流れている。

「なんか、おかしくないか？　あの程度の傷なら戦えるはずなんだが……」

「もしかして噛まれたのかもしれないねぇ。仮にあの黒い霧が本体となると、彼は何かしらの影響を受けている可能性もある」

「ウィルスのような魔物ならな……。ヤバイ感じがするのは俺だけか？」

「かなりマズいんじゃないかねぇ？　もしゾンビ化していたとしたら……」

「グァァアアアアアアアアアッ!!」

「おい、どうした!?　しっかりしろ!!　うぉ!?」

二人の予感が当たったのか、負傷兵は突如として奇声を上げると、同僚である衛兵に掴みかかった。

二人はもつれ合うように倒れる。

「な、いったいお前はどうしちまったんだよぉ!?」

「ゴォルルルルルル……」

「ま、まさか……お前……」

同僚がゾンビの仲間入りしたことに、衛兵は気付いてしまった。

噛まれただけでも人が魔物に変わり、周囲の人間を襲うようになる。

なんとか倒したいところだが、先ほどまで仲間だった人間を殺すことに躊躇《ためら》いが生じてしまう。

『はぁ～、仕方がないか。緊急時だしねぇ……』

おっさんは、インベントリーからウィンチェスターM73を即座に取り出して構えると、グリップにあるクリスタルに魔力を流し、フロントサイトとリアサイトで狙いを定める。

そして、ちょうど首筋当たりに照準を合わせると、無造作に引き金を引いた。


――ダァアアアアアアアン!


街の中に響き渡った、銃声と言ってよいか分からないほどの轟音《ごうおん》。

その威力はゾンビ化した男の胸元から上を跡形もなく吹き飛ばし、直線上にある店舗の煉瓦《れんが》造りの外壁に着弾。それはもう派手に壁をぶち抜いた。

瓦礫《がれき》と粉塵《ふんじん》が大通りに舞い散る。

「…………」

「フッ……殺《や》っちゃったぜ☆」

「『殺っちゃったぜ☆』じゃねぇよぉ、なんでいきなりブッ放す⁉　バレたらマズいんじゃなかったのか⁉」

「ん～緊急時だし、しょうがないんじゃね？　被害者が出ると鼠算《ねずみざん》式でゾンビが増えるようだし、物陰からの狙撃だから顔は見られてないっしょ」

「いい加減すぎるだろ……。それより、昨日のヤツよりも威力が高い気がするんだが？」

「マジな話、魔導銃は街中だとヤバイね。ウィンチェスターＭ73でこの威力だと、ショットガンを使ったらどうなるんだろうねぇ？」

「なんで、ここでソレを使おうと思ったぁ⁉」

「なんとなく試し撃ち……。それじゃ、そろそろ武力介入をしようか」

不審者二名は防壁に向けて走り出す。

幸い、魔導銃ウィンチェスターＭ73による犠牲者はいなかった。

馬鹿げた威力なだけに、被害者が出なかったことだけが救いである。

◇　◇　◇　◇　◇　◇

防壁の上は乱戦となっていた。

その理由はゾンビが倒しきれないことと、新たに衛兵や騎士がゾンビの仲間入りをして数が増えたことにある。

衛兵や神聖騎士達は神聖魔法に絶大な信頼を持っていたが、その神聖魔法である【浄化《ピュリフィケイション》】の効果が全くない。その間にも複数の兵士が犠牲となり新たな敵として立ち塞《ふさ》がる。

「なんで……なんでコイツらは倒れねぇんだよぉ!?」

「浄化の神聖魔法が通用しない……。コイツら、本当にゾンビなのか!?」

「目を覚ませぇ、なんで俺達を襲うんだぁ!?」

衛兵、騎士、聖騎士を含め混乱が起きていた。

そうなると必然的に期待を背負わされるのは勇者なのだが、数が多いうえにゾンビは仲間を増やしていく一方で、簡単に全てを倒すことはできなかった。

『マズイ……傷を負っただけでもゾンビになってしまうなんて、どう考えてもウィルス型だ……。感染したあとの増殖力も半端じゃない！』

学は焦っていた。

既に三分の一の衛兵が奴等の犠牲となり、一般騎士や聖騎士は範囲外から盾と槍で地味に嫌がらせのような攻撃しか行えず、その間にもゾンビは防壁を登ってくる。

神聖魔法は無意味で、防御力の底上げや武器や盾の強化しか行えず、それでもゾンビはお構いなしに数で攻めてきた。

壁の上は幅が狭く、騎士達を広範囲に展開させることなどできない。

数人並べば後方の騎士が前に出ることができないのだ。動きが制限されてしまい、攻撃手段が限られてしまう。

しかも騎士達が前後から挟まれ鮨詰《すしず》め状態で、学が前に出ることはできなかった。

そもそも学は盾を装備しておらず、噛みつかれるリスクを避け後方に下がったが、今度は前に出る隙間《すきま》がなくなってしまう。

「けど……打って出なかったことは正解だ。もし全軍を挙げて出陣していたら、俺達は既に奴等の仲間入りをしていた……」

壁の上という狭い範囲だからこそ、なんとか水際で防いでいるが、これが平原だったら押し込まれていただろう。それだけの強さを持っている敵なのだ。

「階段には近づけるなぁ、街に下りられたら敵が増える一方だぁ!! ここで死力を尽くしてせき止めろぉ!!」

仲間を鼓舞しつつ的確に指示を出す学。

それに合わせ、衛兵や騎士達も果敢に武器を振るう。

手足一本失っても襲いかかってくるゾンビを壁の下に落とし、落ちた衝撃で手足の骨が砕け動けなくなったゾンビを、下の衛兵がハンマーなどで集中的に攻撃し、無残な肉片へと叩き潰《つぶ》している。

かなりエグイ光景だが緊急時なのでやむをえまい。

何しろ骨は簡単に再生しない。

折れた箇所をぴったりと合わせねば、骨は歪《いびつ》な形で繋《つな》がってしまう。

生物にとって骨格は体を構築する基礎のようなもので、少しの歪《ゆが》みすら動きに支障を来すものだ。

本能だけで行動するゾンビには、骨を正しい位置に戻すという知恵すら思い浮かばない。

いや、できない。それがせめてもの救いであった。

「槍で刺しても向かってきやがる……」

「しかも……異様に力が強ぇ……」

「奴等に噛みつかれたら終わりだ！　充分に気をつけろ!!」

『マズイな……外壁を登ってくるヤツは叩き落とせばいいけど、問題は門を塞いでいる扉だ。この力なら、いずれ破られるんじゃないのか？』

このゾンビは生者が最も集まるところへ殺到する性質のようで、広範囲に散らばることはない。当然騎士達のもとへ集中することになる。

決め手となる攻撃ができるのであれば、この性質は弱点としてゾンビ達を誘導することに利用できるだろう。

だが、誘導できたとしても今の学を含む聖騎士団は、致命的な打撃を与える攻撃の手段がない状態だ。【風間《かざま》　卓実《たくみ》】がいれば魔法で一挙に殲滅《せんめつ》できたかもしれないが、魔導士を毛嫌いするこの国では許されない作戦である。

『風間のヤツはもういない……。【エクスプロード】があればなんとかできたかもしれないのに……』

アルトム皇国に攻め入ったときの敗走戦。

【風間　卓実】が敵将を巻き込んで放った範囲魔法が思い出される。

乱発はできないが、こうして敵が密集した状況ならかなり有効な魔法で、学が今求めてやまないものだった。

無い物ねだりなのは分かっているが、それでも記憶の【風間　卓実】に縋《すが》りたい気持ちになる。

「早くこっちを援護してくれ……。凄《すげ》ぇ力で押し返してきやがるっ！」

「無茶言うんじゃねぇ！　こっちも登ってくる奴等の対応で……。勇者様、一度こちらに戻ってください！」

「分かった！　って、おい‼」

「えっ？　うあぁあああああぁぁぁっ‼」

「また落ちたぞ、ちくしょうっ‼」

壁を登ってくるゾンビの数は多い。

そのゾンビを真下へと突き落とすには、前屈《まえかが》み状態で槍などを使い攻撃を加える。

だが、重心が前に向かうので槍を掴まれ引っ張られれば、簡単にバランスを崩し落下してしまう。

既に何人も下に落とされ、ゾンビの仲間になっていた。

「なんてこった……。アイツには結婚を約束した恋人がいたんだぞ！　それがこんなところで……」

「俺にだって病気の弟がいる！　こんなところで死んでたまるかぁ‼」

「約束は守れそうにないよ、メアリー……」

「俺、この戦いが終わったら……宿屋の後を継ぐんだ」

「へへ……子供の名前は決まっているんだ。男だったらジョナサン、女だったらエリナさ。だからよぉ〜、生きてここから帰らなきゃなんねぇ」

『なんでコイツら、揃《そろ》いも揃って死亡フラグをぶっ立ててんのぉ!?　やめろよ、みんな死んじゃうだろぉ!?　不吉だからこれ以上は言うなぁ‼』

騎士達は別に死亡フラグを立てているわけではない。

未知なる恐怖から逃れるため、少しでも気を紛らわせるしかなかっただけだ。

無論、学もその気持ちは痛いほど分かるが、立て続けにどこかで聞いたことのあるセリフを言われれば、不吉な気分に駆られるものである。

そして、その予感が当たったかのように、下の街門を守っていた騎士達の声を聞いた。

「マズイ、門が破られるぞ!!」

「この街は、なんで二重扉じゃねぇんだぁ!! このままじゃ侵入される!!」

「盾部隊、一斉に盾を構えろ!! こちら側に一体でも入れるな。槍兵隊は盾の合間から奴等を攻撃！

神官達は光の障壁と魔法付与を!!」

「大いなる神の御名において、苦難に立ち向かいし勇者達に守りの障壁を！【ホーリーシールド】」

『マジかよ……門を突破されたら最悪だぞ!?』

今まさに、門がこじ開けられようとしている。

大挙してゾンビが押し寄せてくれれば、下の騎士達では防ぎようもない。

街の住民が犠牲となれば、それこそ手のつけられない事態になってしまう。

「どうする……どうすれば……」

「やぁ、随分とお困りのようだねぇ。勇者君」

「だ、誰だ!?」

突然背後から声が聞こえ、振り返ってみると黒い神官を思わせる装備の男と、ダークレッドと黒の装備を纏《まと》った男が立っていた。

どちらも互いに神官のような見た目だが、ブレストプレートやガントレッドを装備していることから神官職とは思えない。

不気味な鬼と白色の仮面を着けており、なによりも驚いたのが二人の持つ武器だ。

「じ、銃!? それも……アサルトライフル」

「M4カービンだ。名銃さ。できればH&K G3がよかったが……」

「スペンサーカービンよりはいいでしょ。文句は言わないでほしいなぁ～、モスバーグM500も付けてあげたじゃないか」

「あんたはなぜか、ウィンチェスターM73のままだけどな……。ショットガンは何を使うつもりなんだ？」

「同じモスバーグだよ。ゾンビに遠慮はいらないし、他のも色々と試してみよう」

緊張感の欠片《かけら》もなく談笑する二人に、学は呆気《あっけ》にとられつつも話に割り込もうとする。

「ちょっと、俺の話を聞いて……」

「向こう側のゾンビの駆除は任せた。僕は反対側を駆除する」

「あいよ」

「んじゃ、殺りますかねぇ。試しに付与魔法をやってみようか、通常弾でも妙な効果がでるから調べてみたい。んじゃさっそく……【フレア・バースト】付与《エンチャント》」

「へいへい、ちゃんと加減はしろよ？ 【フレア・バースト】付与《エンチャント》」

「「消し飛べ!!」」

――ダァアアアアアアアアアアアアアアァァン!!

Ｍ４とウィンチェスターＭ73の銃口から、銃弾が射出された。

両サイドから攻めてきている数体のゾンビの体を粉砕した瞬間、魔法陣が展開される。

「は、範囲魔法!?」

学は驚愕《きょうがく》した。

魔法陣内に発生した熱量によって、一瞬で十数体近くのゾンビが巻き込まれ消し炭と化し、後から発生した魔法本来の効果である爆発力で周辺のゾンビも無残に飛散した。

魔法抵抗や熱耐性があろうと、瞬間二〇〇〇度を超える熱量など防ぎようがない。魔法効果から免れたゾンビも、立て続けに撃った弾丸によって上半身が吹き飛んだ。

「威力は格段に落ちるが、特殊弾でなくてもエンチャントは普通にできたようだねぇ。通常弾も連射はスムーズだ。特殊弾に交換しなくても、それなりに使えると分かっただけめっけもんか」

「実際に使ってみたが……想像以上にやべぇぞ、これ。通常弾でこの威力……魔法の効果が三割程度に落ちるが、充分脅威だろ。マジで売り出すなよ？」

「さすがに売らないよ。よし、実験はここまでにしようかねぇ。今は人命が優先」

「遊んでんのはあんただけだぞ？　既に犠牲者が出てんだけど……」

「何度も言うけど、それが彼等のお仕事さ。そんじゃ行きますか」

「ヘイヘイ、いい加減だな。さっさと終わらせちまおうぜ」

学を無視して勝手に話を進める二人。

「話を聞けや!!」

「なんだい？　これでも忙しい身でねぇ、話は十文字くらいで済ませてくれると嬉《うれ》しいんだけど」

「それじゃ、なんにも話せないだろ！　んなことよりアンタら……転生者か？」

「さて、どうだろうねぇ～？　こちらが何者かなんてご丁寧に教えてあげる必要もないし、そんな義務や義理もついでに時間もない」

「そっちになくとも、こっちにはあるんだよ！」

「こんなときに余裕だねぇ～。けど、この話は平行線になるから諦めることをお勧めするよ。こちらとしては君と話すことなど何もないし、時間がないとも言ったはずだ」

「待てっ!!」

聞きたいことは山ほどあった。

しかし、この奇妙な乱入者二人は学の前で、平然と壁の上から飛び降りていった。

ゾンビの大軍がひしめき合う中へと――。

MFブックス

アラフォー賢者の異世界生活日記 12

2020年4月25日　初版第一刷発行

著者　寿安清
発行者　三坂泰二
発行　株式会社KADOKAWA
〒102-8177　東京都千代田区富士見2-13-3
0570-002-001（ナビダイヤル）
印刷・製本　株式会社廣済堂

ISBN 978-4-04-064581-0 C0093

企画　株式会社フロンティアワークス
担当編集　中村吉論／佐藤裕（株式会社フロンティアワークス）
ブックデザイン　Pic/kel（鈴木佳成）
デザインフォーマット　ragtime
イラスト　ジョンディー

本シリーズは「小説家になろう」（https://syosetu.com/）初出の作品を加筆の上書籍化したものです。

MFブックス新シリーズ発売中!!
MFブックス
二度追放された魔術師は
魔術創造《ユニークメイカー》で最強に
ailes/著
藻/イラスト
Story
莫大な魔力を持ちつつも、
なぜか魔術を発動させられないアル。
仲間から裏切られ窮地に陥った彼は、
『思い描いた魔術を作る』能力に目覚めて!?
異端の力を手に入れた最強魔術師の
リスタートファンタジー開幕!
炎の翼で
飛びまわる!
悪魔の手で
敵を拘束!
どんな魔術も
思うがままに!

目が覚めると、
貧乏貴族の八男になっていた――

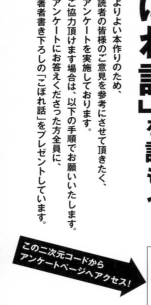